FRANC 20
72 -age complet.

IN EXTENSO
(Nouvelle Série).

MAXIME FORMONT

LE PÉCHÉ DE LA MORTE

LA RENAISSANCE DU LIVRE
PARIS :: 78, Boulevard Saint-Michel :: PARIS

LE PÉCHÉ DE LA MORTE

Collection " In Extenso "

Le volume : **1 fr. 20** *(Franco par la poste : 1 fr. 50)*

1. Abel Hermant..... **La Discorde.**
2. Edouard Rod..... **Le Silence.**
3. J.-H. Rosny..... **L'Autre Femme.**
4. Léon Hennique..... **Elisabeth Couronneau.**
5. Paul Adam..... **Les Cœurs nouveaux.**
6. Serao..... **L'Amour meurtrier.**
7. Björnson..... **Les Ames en peine**
8. C. Lemonnier..... **La Fin des Bourgeois.**
9. Ernest Daudet..... **Défroqué.**
10. Ch. Le Goffic..... **La Payse.**
11. G. Rodenbach..... **En exil.**
12. Ibsen..... **Les Revenants.**
13. Tolstoï..... **La Puissance des Ténèbres.**
14. Sienkiewicz..... **Rivalité d'Amour**
15. C. Lemonnier..... **Le Mort.**
16. H. de Balzac..... **L'Amour masqué.**
17. Ed. Haraucourt..... **Amis.**
18. Mark Twain..... **Le Cochon dans les Trèfles.**
19. Blasco Ibanez..... **Dans les Orangers.**
20. Conan Doyle..... **Un Duo.**
21. Jean Bertheroy..... **Lucie Guérin.**
22. Jonas Lie..... **Le Galérien.**
23. Lucien Descaves..... **Une Teigne.**
24. Grazia Deledda..... **La Justice des Hommes.**
25. Ed. Haraucourt..... **Les Benoît.**
26. Ch.-H. Hirsch..... **La Villa Dangereuse.**
27. Max et Al. Fischer..... **Le plus petit conscrit de France.**
28. Paul Reboux..... **Josette.**
29. Pierre Valdagne..... **Parenthèse Amoureuse.**
30. Charles Foley..... **Deux Femmes.**
31. Michel Provins..... **L'Histoire d'un Ménage.**
32. V. Margueritte..... **Le Journal d'un Moblot**
33. Jean Reibrach..... **A l'Aube.**
34. Oppenheim..... **La Disparition de Delora.**
35. René Maizeroy..... **L'Amour Perdu.**
36. Marcel L'Heureux..... **L'Empreinte d'Amour.**
37. Hornung..... **Stingaree.**
38. Kistemaeckers..... **Le Relais Galant.**
39. Paul Acker..... **Un Amant de Cœur.**
40. G. de Peyrebrune..... **Une Séparation.**
41. Léon Frapié..... **L'Enfant Perdu.**
42. Gyp..... **L'Amour aux Champs.**
43. Ed. Haraucourt..... **Trumaille et Pélisson.**
44. Alphonse Allais..... **Le Captain Cap.**
45. J.-H. Rosny..... **Les Trois Rivales.**
46. J. des Gachons..... **Mon Amie.**
47. François de Nion..... **L'Amour défendu.**
48. G. Beaume..... **Les Amants maladroits.**
49. Jean Bertheroy..... **Le Tourment d'Aimer.**
50. Louis de Robert..... **La Jeune Fille imprudente.**
51. Abel Hermant..... **La Petite Esclave.**
52. Kistemaeckers..... **L'Illégitime.**
53. Camille Pert..... **Passionnette tragique.**
54. Gyp..... **Les Poires.**
55. Charles Foley..... **L'Arriviste Amoureux**
56. René Le Cœur..... **Lili.**
57. Paul Acker..... **La Classe.**
58. Gyp..... **Le Cricri.**
59. H. de Régnier..... **Les Amants singuliers.**
60. Delphi Fabrice..... **Les Tribulations d'un Boche.**
61. René Maizeroy..... **Yette Mannequin**
62. Paul Lacour..... **Cœurs d'Amants**
63. Michel Corday..... **Sous les Ailes.**
64. Léon Séché..... **Le Printemps du Cœur.**
65. Jeanne Landre..... **Echalotte et ses Amants.**
66. La Fouchardière..... **Bicard dit le Bouif.**
67. Michel Provins..... **Fées d'Amour et de Guerre**
68. Louis de Robert..... **Le Prince Amoureux.**
69. Jean Reibrach..... **La Force de l'Amour**
70. Gyp..... **L'Age du Mufle.**
71. G. d'Esparbès..... **Le Tumulte.**
72. Charles Foley..... **La Victoire de l'Or.**
73. Binet-Valmer..... **Le Gamin Tendre**
74. Félic. Champsaur..... **Sa Fleur.**
75. G. de Pawlowski..... **Polochon.**
76. Annie de Pène..... **Confidences de Femmes.**
77. René Le Cœur..... **Danseuse.**
78. Gaston Derys..... **Mars et Vénus.**
79. Charles Derennes..... **L'Amour fessé.**
80. G. de Peyrebrune..... **Marco.**
81. Gyp..... **Les Chéris.**
82. Abel Hermant..... **Daniel.**
83. Rosny Aîné..... **Amour Étrusque.**
84. G. Réval..... **La Jolie Fille d'Arras.**
85. Willy..... **Mon Cousin Fred.**
86. P. Faure..... **Les Sœurs rivales.**
87. Maurice Vaucaire..... **Mimi du Conservatoire**
88. G. d'Esparbès..... **La Grogne.**
89. R. Maizeroy..... **Vieux Garçon.**
90. Camille Pert..... **Amour vainqueur.**
91. Myriam Harry..... **La Pagode d'Amour.**
92. Michel Provins..... **L'Art de rompre.**
93. Jeanne Landre..... **Plaisirs d'Amour.**
94. Charles Foley..... **Amants ou Fiancés.**
95. Michel Corday..... **Notre Masque.**
96. Charles Derennes..... **Le Béguin des Muses**
97. Binet-Valmer..... **Le Plaisir.**
98. La Fouchardière..... **Le Bouif tient.**
99. Gyp..... **Pervenche.**
100. René Le Cœur..... **Les Plages vertueuses**
101. Daniel Riche..... **Le Mari modèle.**
102. Jean Bertheroy..... **Le Chemin de l'Amour**
103. Jean Reibrach..... **Les Sirènes.**
104. Jeanne Marais..... **La Carrière Amoureuse.**
105. Jean Lorrain..... **Des Belles et des Bêtes.**
106. André Lebey..... **Une Dame et des Messieurs**
107. G. de Pawlowski..... **Contes singuliers**
108. Félic. Champsaur..... **Jeunesse.**
109. Vaucaire et Luguet..... **Mlle X., souris d'hôtel**
110. Gabrielle Réval..... **La Bachelière.**
111. Maxime Formont..... **Le Sacrifice.**
112. Maurice Montégut..... **Les Clowns**
113. Annie de Pène..... **L'Evadée.**
114. R. Saint-Maurice..... **Temple d'Amour.**
115. René Maizeroy..... **Après.**
116. Charles Le Goffic..... **Passions celtes.**
117. René La Bruyère..... **Le Roman d'une Épée**
118. Gaston Derys..... **L'Amour s'amuse.**
119. F. de Miomandre..... **Pantomime anglaise.**
120. André de Lorde..... **Cauchemars.**
121. Charles Derennes..... **Les Enfants sages.**
122. Auguste Germain..... **Les Maquillés.**
123. Gyp..... **Entre la Poire et le Fromage.**
124. Georges d'Esparbès..... **Les Derniers Lys.**
125. M.-A. de Bovet. **Confessions d'une fille de trente ans.**
126. Maxime Formont..... **La Chambre vide.**
127. Marcel Boulanger..... **La Page**
128. Edmond Jaloux..... **Le Jeune Homme au masque**
129. Charles Foley..... **Un Second Amour.**
130. Gabrielle Réval..... **La Bachelière en Pologne.**
131. Colette Yver..... **Les Cervelines**
132. Georges Beaume..... **Aux Jardins**
133. Maud et Marcel Berger. **Sar-Hamabalah-Sar**
134. Maurice de Waleffe **Le Péplos Vert.**
135. Jean Lorrain..... **Le Crime des Riches**
136. Rémy-St-Maurice **Tartufette.**
137. Maxime Formont..... **Le Baiser rouge.**
138. Charles Derennes..... **Les Caprices de Nouche**
139. Eugène Joliclerc..... **Graine de Roi.**
140. Marcel Boulenger..... **La Croix de Malte.**
141. Daniel Riche..... **L'Age du fard.**
142. Maurice des Ombiaux. **La Petite Reine blanche**
143. Maurice Montégut. **La Mère Patrie**
144. Franc-Nohain..... **Jaboune.**
145. Gabriel Mourey..... **Jeux Passionnés.**
146. Auguste Germain. **Premier Prix du Conservatoire**
147. Marcel L'Heureux. **L'Amour Suprême**
148. André Geiger..... **La Reine Amoureuse.**
149. Gabriele d'Annunzio. **Terre Vierge**
150. Victor Snell..... **Zibeline.**
151. Gyp..... **Les Petits Amis**
152. Pierre Guitet-Vauquelin. **Les Immobiles.**
153. Charles Foley..... **Un Amant dans les nuages**
154. Henry Bauër..... **Une Comédienne.**
155. Paul Junka..... **Mlle Nouveau-Jeu.**
156. Marcel Luguet..... **De l'une à l'autre.**
157. Marie-Anne de Bovet. **Confessions conjugales**
158. Jean Bertheroy..... **La Couronne d'Epines**
159. Edmond Jaloux..... **L'Agonie de l'Amour**
160. François de Nion..... **La Missionnaire**
161. Marcel Formont..... **L'Enervée.**
162. Maurice Montégut **La Chaîne des Dames**
163. Rémy St-Maurice..... **L'inutile Péché**
164. Paul Lacour..... **Gilberte**
165. André Billy..... **La Dame de l'Arc-en-Ciel.**
166. Gyp..... **Les Amoureux.**
167. Franc-Nohain..... **La petite Madame Grivot.**
168. André Geiger..... **Mai la Basquaise.**
169. Adrien Vely..... **Nelson Brown.**
170. M. Vaucaire..... **Le Piège amoureux**
171. Michel Provins..... **Le Piment.**
172. Gust. Guiches..... **L'Ennemi.**
173. Canudo..... **La Ville sans chef.**
174. Daniel Borys..... **Le Royaume de l'Oubli.**
175. Pierre Grasset..... **Un Conte bleu.**
176. Charles Foley..... **Jean des Brumes**
177. Paul Junka..... **Le Fiancé de Josette.**
178. Marie-Anne de Bovet. **La Fraise de sang.**
179. Edmond Jaloux..... **Les Femmes et la Vie.**
180. André de Lorde..... **Frissons.**
181. Georges Beaume..... **Une Race.**
182. J. Montignac..... **Le Cœur de Jacqueline.**

Maxime Formont

Le Péché de la Morte

Couverture en couleurs par Raymond Pallier

PARIS
LA RENAISSANCE DU LIVRE
78, BOULEVARD SAINT-MICHEL, 78

MAXIME FORMONT

C'est avec le *Sacrifice* que M. Maxime Formont est entré dans la collection « In Extenso ». Ce beau roman y plut. On en goûta la simplicité des lignes, la noblesse du sujet, l'émotion de l'intrigue. La *Chambre vide* ne sera pas sans rappeler maintes de ces qualités, toutefois dans moins de rigidité, et avec en plus un sens du mystère qui saisit le lecteur tout entier.

Mais que l'intérêt de ces livres ne m'éloigne pas de mon sujet : présenter leur auteur. Tout d'abord celui-ci s'affirma romancier parisien, voire mondain, alliant à ses audaces le souci constant de garder le ton de la bonne compagnie et cette pure tradition du style français qu'il faut louer en lui. Ce furent l'*Inassouvie, Courtisane, la Faute amoureuse*, l'*Enervée, la Grande amoureuse*, et trois recueils de contes : *Voluptés, Perversités, l'Amour passe.* Ultérieurement, nous ferons, par la publication de l'*Enervée*, connaître cette phase de la production de M. Maxime Formont, où — notons-le — le poète s'est plus d'une fois m notré jusque dans les analyses les plus sceptiques et les plus hardies.

Puis voici, traités plus longuement et s'adressant à un public plus étendu, les romans de la seconde manière de M. Formont : *Le Péché de la morte, le Baiser rouge, le Sacrifice, les Mauvaises maîtresses, le Semeur, le Risque, la Fausse coupable, la Chambre vide, l'Enchanteresse, la Torture, l'Audace, la Dame blanche* (qui se déroule durant la guerre), sortes de tragédies domestiques par la donnée dramatique sur laquelle chacun de ces romans repose, par aussi la gradation de l'intérêt ému que l'on porte aux acteurs de ce drame. J'ai entendu regretter que certains de ces romans n'aient pas été portés au théâtre : de fait, il semble qu'ils y seraient fort à leur aise.

Tout en même temps qu'il écrivait ces romans modernes, M. Formont s'est, dans le roman historique, fait une place de premier plan, en marge, à vrai dire, car il a estimé qu'il fallait donner à ses reconstitutions de la saveur et de la couleur, et ne pas les priver de style. Or, vous savez combien de romanciers de la spécialité n'en ont cure : le soin de la vérité historique les laisse aussi froids que le souci du style. Du moins le public français — le public étranger aussi, et jusqu'en Amérique — a-t-il récompensé M. Formont de son effort par le succès qu'il a fait à *la Princesse de Venise* (la ville des Doges avant la décadence) à *la Florentine* (Florence au temps de Botticelli), à *la Louve* (Rome sous les Borgia), à *la Danseuse* (Pompéi).

Ce romancier est aussi un poète. Il avait débuté par un recueil au lyrisme idéaliste et impersonnel : *les Refuges*. Puis, — et c'est là une œuvre unique en notre temps et bien rare en tous les temps — héroïque et fidèle « amant », ainsi qu'on disait au XVIIe siècle, alors que l'héroïne de Jean Racine murmurait :

> *Et que le jour commence et que le jour finisse*
> *Sans que jamais Titus puisse voir Bérénice...*

— héroïque, donc, et fidèle amant, M. Maxime Formont, en l'honneur de la Dame de ses pensées, — car comment ne pas employer ici le langage des cours d'amour — écrit *la Gloire de la Rose*, beau triptyque qui comprend : *le Triomphe de la Rose, le Cantique de la Rose, la Gloire de la Rose.*

J'ouvre la préface du second de ces trois recueils et j'y lis : « J'ose donc espérer, mon amie, qu'après moi quelqu'un vous retrouvera et vous aimera encore dans mes vers. A l'inconnu qui me lira je déclare que je vous ai chérie, entre le néant et l'éternité, au delà de toute expression humaine ». Je ne pense pas qu'il soit plus tendre déclaration de poète. Or. celui-ci ne s'en tient point à aimer, et la valeur de son œuvre justifie la promesse que lui a publiquement adressée José-Maria de Heredia : « Grâce à vous, celle à qui vous devez l'essence qui parfume vos vers, cette mystérieuse et bienheureuse Rose est assurée de vivre plus que ne vivent les roses ».

Ainsi, tout en réalisant ce que M. Auguste Dorchain a déclaré être « une des œuvres les plus tendres, les plus pures et les plus achevées de la poésie contemporaine », M. Maxime Formont a tressé la plus fervente guirlande d'amour.

C'est là un beau destin !

LE PÉCHÉ DE LA MORTE

PREMIÈRE PARTIE

I

C'était un de ces soirs d'été où l'on dirait que le jour ne finira plus, comme dans certains rêves. La splendeur du ciel s'attendrissait peu à peu. Le château de Méréglise sortait d'un fond d'or rose : géant rugueux comme cette Auvergne qu'il gardait, il avançait la menace surplombante de ses lourdes tours. L'architecture du corps principal se fleurissait de tourelles en poivrières, de balustres, de galeries à encorbellements ; escaliers aériens, les pignons dentelés entaillaient l'azur. Mais les tours monstrueuses semblaient jaillies telles quelles du basalte primitif ; elles se renfrognaient, casquées de leur toiture hexagone, et par les fentes de leurs lucarnes les siècles morts regardaient. Majestueux étaient le chemin de ronde et l'ample perron qu'une troupe en ligne aurait pu descendre. Sous son écharpe de ravenelles et de lierres, le mur de soutènement révélait son ossature cyclopéenne. Dans la paix de l'heure, Méréglise apparaissait plus farouche, assombri encore par toute la gloire de l'été.

Parmi les caisses d'orangers sur la terrasse, la comtesse Élisabeth était assise, une dentelle noire sur ses cheveux, un ouvrage aux mains. Dans la demi-inaction, ses doigts secs travaillaient par habitude, car la femme forte ne se repose jamais entièrement. Une préoccupation creusait ses traits, sous des bandeaux qui ne savaient pas blanchir.

Le bleu du ciel s'atténua, puis verdit, mort délicate et lente ; le paysage demeura net. Au pied du manoir, la plaine de l'Allier s'ouvrait en abîme, pacifique immensité où chaque ressaut de terrain, chaque bouquet d'arbres, se dessinait avec le fini d'une estampe, jusqu'aux houleuses collines, telles qu'une fuite de troupeaux à l'horizon. Sous la tombée du crépuscule, la campagne s'immobilisa. Le silence devenait oppressant.

Mais les cloches du couvre-feu se mirent à pleurer sur Méréglise. La comtesse Élisabeth se signa.

Les cloches s'apaisèrent. Au-dessus de la Tour de l'Horloge une étoile germa, toute faible, à peine visible dans le firmament de cuivre vert.

Traversant la cour, une mince silhouette glissa le long du château, suivie d'une tache bondissante et blanche : Vitaline ramenait sa chèvre du pré. Parfois elle s'arrêtait, la prenait par les cornes pour l'empêcher de mordre les glycines de la muraille.

Mme de Méréglise l'appela :

— Vitaline !

La jeune fille accourut. Elle était mise comme les paysannes : robe courte et fichu croisé sur la gorge. Une grâce singulière l'enveloppait : elle avait des mains et un visage de sainte, les yeux d'un bleu de vitrail et des cheveux noirs doux à regarder.

— Envoyez-moi votre mère.

Elle disparut, évaporée. La comtesse Élisabeth replia son ouvrage. Appuyée des deux bras au fauteuil, elle renversa un peu la tête. Comme lancées par une fronde, des hirondelles en criant filèrent sous le ciel : sa vue distraite les suivit.

Le sable de la cour craqua près d'elle. Une femme se tenait là debout. Elle était grande, vêtue à la façon de Vitaline et coiffée d'un béguin noir. Ses yeux étaient d'un bleu mort, comme dissous dans les larmes d'une longue existence, mais de ce qu'avait pu être sa vie, sa figure ne racontait rien : elle avait jauni comme le buis, sans se rider d'un chagrin, sans se craqueler d'une émotion. Et pourtant cette femme avait vécu, et on lui devinait une âme profonde. Combien de faces paysannes offrent un pareil mystère d'impassibilité !

Mme de Méréglise la considéra un instant avant de lui adresser la parole : elle avait froncé les sourcils.

— Vous avez vu le père Maussant aujourd'hui, dit-elle enfin. Comment va sa fille?

— Elle tousse toujours, madame la comtesse.

— J'enverrai le médecin demain, ou j'irai avec lui. Marty est venu comme j'étais sortie. Savez-vous ce qu'il voulait?

— Il dit qu'il est bien malheureux. Il a encore perdu deux têtes de bétail.

— Il demande une diminution? C'est la troisième. Si le cheptel rendait un peu ! Mais Marty ne sait pas soigner ses bêtes... Enfin, je verrai. C'est bien, Bertrande.

La femme de charge se retirait. Elle la rappela.

— Attendez, j'ai autre chose à vous dire.

Son visage s'était fait plus sévère. Elle poursuivit :

— Je suis très mécontente de vous.

Elle n'employait pas le ton de sécheresse dédaigneuse qu'elle aurait pris pour gourmander une servante. La Bertrande, qu'on appelait ainsi du nom de son mari défunt, avait au château un poste de confiance : amenée à Méréglise par la jeune comtesse, elle y était restée après la mort de celle-ci. Austère, muette, impénétrable, les domestiques l'aimaient peu, mais son dévouement et la rigidité de son caractère lui avaient gagné l'estime de la dame de Méréglise.

La paysanne se tenait debout devant la châtelaine pour recevoir ses reproches, dans l'attitude de l'humilité héréditaire.

— Malgré ma défense, vous continuez à exaspérer la tristesse de mon fils Savinien : vous lui parlez de la comtesse Françoise dès que vous êtes un instant avec lui. Quelle histoire lui racontiez-vous ce matin encore, quand je suis arrivée?

La Bertrande baissa la tête, soumise, mais non ébranlée dans l'obstination de sa piété envers la morte. Elle ne se défendait pas, elle avouait, laissant pendre ses bras le long de sa robe. Mme de Méréglise reprit :

— Mon fils m'inquiète, vous le savez pourtant. Voici quinze mois que le malheur a eu lieu : il est aussi abattu que le premier jour. Et vous irritez encore sa peine !

— M. le comte aime à m'entendre parler de Mme la comtesse Françoise ; je l'ai si bien connue ! Il me demande de lui raconter.... alors, je me laisse aller, c'est plus fort que moi.

— Eh bien, je vous interdis de recommencer désormais ; c'est entendu? je ne veux pas voir Savinien s'absorber plus longtemps dans une pensée qui le tue.

— C'est que M. le comte a tant de chagrin ! Je le comprends, moi, madame la comtesse.

Mme de Méréglise eut un mouvement d'impatience ; la Bertrande comprenant Savinien, se comparant à lui !

La paysanne reprit :

— J'ai nourri Mme Françoise, je l'ai élevée. Elle était plus que mon enfant. Quand j'ai perdu mes deux fils, j'ai eu moins de tristesse que quand elle est morte.

Le ton de sa voix demeurait calme en proférant ces paroles. Elle sortait lentement, d'une source si profonde qu'on ne la voyait point palpiter. Aucun muscle ne bougeait dans sa face de buis, et le bleu mort des yeux ne s'éclairait pas. La Bertrande disait sans y prendre garde ces mots qui définissaient toute l'âme de sa race, aussi grande dans l'abnégation que l'autre, que la race hautaine incarnée en la dame de Méréglise. Que de générations et de siècles il avait fallu pour façonner ainsi un cœur de servante !

La dame de Méréglise se tut un instant. Elle savait que la Cévenole avait dit vrai.

— Enfin, reprit-elle, sans vous mon fils serait sorti de sa mélancolie, j'en suis persuadée.

— Que madame la comtesse me pardonne ! Je crois que M. le comte serait tout aussi triste sans moi. Il aimait bien Mme la comtesse Françoise, lui ! il ne peut pas se consoler.

Elle énonçait l'idée qui fait le fond de toutes les complaintes : la bien-aimée disparue, son ami n'a plus qu'à dépérir sur terre, en attendant de monter vers elle au paradis d'amour. Cela se chante aux veillées : l'âme des amoureux de romance entre ainsi dans les auditeurs. C'est pourquoi si souvent, parmi le peuple, les tendresses veuves aspirent à la mort et s'y précipitent.

Mais Mme de Méréglise vit un reproche indirect dans les paroles de Bertrande : en l'opposant à Savinien, celle-ci semblait l'accuser d'indifférence envers la mémoire de Françoise. La domestique s'oubliait. Elle se leva et dit sèchement :

— Prétendriez-vous insinuer que je ne suis pas capable de comprendre la douleur de mon fils? Je n'ai pas affaire de vos leçons. Rentrez dans votre condition, Bertrande.

De nouveau, la paysanne courba la tête. Elle s'inclinait sous ce rappel impérieux de l'autorité dont elle était la sujette et par les habitudes de toute sa vie et par la vassalité ancestrale. Sa maîtresse avait raison de la réprimander, de la rudoyer. Quand ils parlent aux grands, les ignorants se mettent souvent en faute par maladresse : on a droit de les reprendre.

Encore irritée, Mme de Méréglise continua :

— Vous vous rappellerez ma défense, n'est-ce pas, si vous tenez à rester ici?

— Oh ! madame la comtesse, si j'y tiens?... Ici, il me semble que je suis encore au service de Mme Françoise !...

A la menace de la châtelaine, un effroi avait passé dans le bleu éteint de son regard : non point la peur vulgaire du renvoi, mais la crainte d'un déracinement mortel. Ces mots : « Le service de Mme Françoise, » furent articulés avec la ferveur d'un prêtre qui prononce les formules rituelles. Toute sa vie avait tenu dans cette fonction dévotieuse, et l'on voyait bien que cela seul avait compté pour elle dans son passage ici-bas. Elle-même n'existait à ses propres yeux qu'en cette qualité de servante de la comtesse Françoise.

— C'est bien, répondit Mme de Méréglise un peu radoucie, en se rasseyant. Je n'ai plus besoin de vous.

Et la Bertrande se retira, l'âme oppressée, parce que, une fois de plus, elle avait la certitude que Mme de Méréglise n'aimait pas la morte. Sa grande forme noire glissa entre les orangers, disparut.

Pure comme un jet de source, la voix de Vitaline chantait derrière les massifs, sur un vieil air des montagnes d'Auvergne :

Au bord du chemin creux
Mainte fleur est éclose,
Mais mon cœur amoureux
N'a voulu que la Rose ;
La Rose claire du printemps
Rend mes désirs contents.

Vers l'agonie du ciel mauve la mélodie cristalline montait, vraie plainte d'âme en nostalgie, touchée par la douceur du crépuscule. La chanson était faite pour la chanteuse. Pauvre Vitaline, pauvre bruyère montagnarde, trop humble pour être cueillie par quelque prince de passage en ces solitudes, trop délicate aussi pour le choix des rustres ! Dans sa bonté imprévoyante la mère de la comtesse Françoise, la trouvant fine et jolie, l'avait fait instruire, et n'avait pas songé à la doter avant de mourir.

Au bord du chemin creux
Mainte fleur est éclose...

Mainte fleur doit passer de même ignorée.

Une fuite onduleuse coula entre les orangers et les lauriers-roses ; une bête souple, arquant le dos, fouettait le gravier du panache de sa queue grisâtre. Le grand lévrier russe de Savinien arrivait sans bruit, tel qu'un chien fantôme avec sa robe clair de lune. Il dirigeait vers Mme de Méréglise sa course sinueuse, il rampait jusqu'à elle ; il finit par poser sur ses genoux une longue tête de guivre héraldique.

— Ton maître vient, Spark ?

L'animal, d'un mouvement joyeux avança son museau vers les belles mains vieillies de la comtesse Élisabeth, et tout son corps vibra : il comprenait. Oui, Savinien allait venir.

Et presque aussitôt le comte de Méréglise parut.

Il avait la grâce un peu douloureuse des races finissantes : mince et grand, blond, la barbe légère, plus claire que les cheveux, un teint très blanc, que faisait ressortir le deuil. L'obsession de l'idée fixe crispait ses traits, semblables par la finesse, trop amenuisée peut-être, à ceux des Quélus et des Saint-Mégrin. Mme de Méréglise se jeta à son cou, et l'emportement de cette caresse disait la femme, qui toute sa vie, n'avait été mère que pour ce fils : amour maternel aussi farouche que cette nature d'Auvergne où il éclatait. Il était encore exalté par l'inquiétude. — Depuis la mort de Françoise, quand Savinien sortait seul, Mme de Méréglise ne vivait plus. Elle redoutait chaque fois un délire de désespoir qui jetterait le jeune homme dans quelque ravin, la tête brisée. Ainsi était mort, vingt ans plus tôt, Tiburce de Méréglise son père. Les *diables noirs* qui le hantaient l'avaient conduit un soir dans la montagne, au bord d'une carrière de porphyre. On l'avait retrouvé le lendemain le crâne fendu, rougissant d'une autre pourpre la pierre rouge. Pour tout le pays ce fut une chute mortelle causée par un éblouissement, mais Mme de Méréglise savait bien que le démon du suicide avait poussé cette nuit-là son mari au gouffre. Cependant Tiburce, hormis son spleen bizarre, n'avait eu aucun motif de se tuer, tandis que Savinien, depuis *le malheur*, était dévoré d'inextinguibles regrets. Aussi, quand il revenait de ses promenades quotidiennes, sa mère l'embrassait comme s'il avait été une fois de plus sauvé de la mort.

Il lui rendait une étreinte hésitante, inachevée en quelque sorte : l'étreinte de ceux qui ne tiennent plus à rien en ce monde.

— Vous êtes bien en retard, Savinien, dit Mme de Méréglise sur un ton de reproche caressant.

— Est-ce que vous n'auriez pas dîné, ma mère? répliqua le jeune homme. Je vous avais priée de ne pas m'attendre.

— Oh ! cela n'a pas d'importance... Et où êtes-vous allé aujourd'hui?

— Je suis descendu vers Ballore.

C'était son but favori, ce village de la vallée, absolument désert, depuis longtemps abandonné par ses habitants. Son père, philanthrope malgré son humeur noire, désirant amener un peu d'aisance par le travail dans un pays déshérité, y avait installé une industrie de tissage qui ne prospéra pas. La population ouvrière se dispersa dans les fermes environnantes, lâchant le métier pour la charrue. Dans la dernière année de son mariage, Savinien avait voulu reprendre l'idée paternelle : il se heurta à la méfiance des rustiques déçus une première fois, et il échoua. Maintenant le village sans âmes tombait en ruines, royaume de désolation et de silence.

— Vous n'avez dû rencontrer personne là-bas, observa la comtesse.

— Personne. En revenant à Méréglise, j'ai donné dans un rassemblement, à l'entrée du pays. Des gens écoutaient un homme assez étrange, l'air moitié d'un paysan, moitié d'un prêtre. C'est, paraît-il, un vagabond qui cherche des sources. Il racontait qu'il y en avait de très abondantes à la descente de Ballore, de quoi faire marcher je ne sais combien de métiers. Je m'étais arrêté. On a eu la sottise de lui dire qui j'étais. Alors il m'a pris à partie, il voulait me persuader de commencer des travaux. J'ai eu de la peine à m'en débarrasser.

— Mais, dit Mme de Méréglise, entrevoyant une diversion possible à la morne folie de son fils, on pourrait essayer.

— Essayer, ma mère? Vous savez bien que je ne veux plus rien essayer.

Il retira son chapeau, d'un geste las, et découvrit un front très blanc, très haut, comme ceux que les peintres du seizième siècle donnent à leurs figures, un front de rêveur passionné. Il laissa tomber sa tête sur sa poitrine, et son regard sembla s'attacher au sable menu sur lequel sautelaient deux ou trois passereaux.

Mme de Méréglise soupira :

— Savinien !

Elle le contemplait tristement. Le grand lévrier pâle, qui s'était couché à leurs pieds, leva vers le groupe un museau inquiet et gémit. Les passereaux s'envolèrent.

— Je vous afflige, répondit le jeune homme. Qu'est-ce que vous voulez? Je n'ai pas de courage, je n'en veux pas en avoir. Pardonnez-moi.

Il lui baisa la main, et cette caresse filiale émut d'une tendresse encore plus douloureuse la comtesse Élisabeth.

— Et pourquoi, lui demanda-t-elle, ne voulez-vous pas avoir du courage?

— Est-ce qu'on en peut avoir, ma mère, contre ce qu'on a tant aimé?

Un sanglot l'avait interrompu. Il expliqua :

— Oui, ce serait contre elle. Françoise a droit à ma souffrance. Ma souffrance, mère, c'est ma fidélité.

— Ah ! vous me la feriez haïr !

Quand elle eut jeté ce cri, elle en sentit l'imprudence. Savinien s'écarta d'elle :

une tristesse sans colère était sur son visage.

— Vous l'avez toujours haïe, ma pauvre Françoise.

D'un geste, elle protesta.

— Oh ! oui, je sais ! Vous avez été pour elle bonne et dévouée jusqu'à l'héroïsme. Dans sa maladie, vous avez bravé la contagion pour la soigner ! — et quels soins ! tandis que moi, je n'étais qu'un chiffon humain, jeté sur un fauteuil où je pleurais inutile. Mais vous avez fait tout cela, ma mère, parce que vous êtes une sainte, parce que vous m'aimiez, parce que vous vouliez la sauver pour moi. Elle, vous ne l'avez jamais aimée. Pourquoi ?

Mme de Méréglise se taisait. Mais ses lèvres remuèrent pour une réplique qu'elle sut retenir.

Cette raison que son fils demandait, elle existait sans doute, impossible à dire.

— Encore, reprit-il, tant qu'elle a vécu, j'aurais pu me l'expliquer par quelque jalousie maternelle. Mais maintenant que ce n'est plus qu'une morte, seriez-vous jalouse d'elle, toujours?

L'atrocité de cette mort évoquée le rendit cruel ; il eut besoin de faire saigner le cœur qui l'adorait :

— Eh bien, vous pouvez être jalouse. Personne ne la remplacera et rien ne me consolera. Pas même votre affection, ma mère.

— Pauvre enfant ! Je voudrais seulement vous voir revenir à la vie.

— A l'oubli, ma mère ! à l'oubli qui tue de nouveau les morts. Ne protestez pas, ma mère, ce serait la première fois que la comtesse de Méréglise aurait menti. Vous voudriez me voir oublier? Eh bien, je ne peux pas, je ne veux pas !

— Soit, mon fils !

Elle se détourna ; il ne fallait pas qu'il vît l'expression de son visage : la haine y était trop lisible. Il ne s'était pas trompé : Mme de Méréglise était hostile à la morte. Elle avait suspecté Françoise vivante ; maintenant, elle haïssait son fantôme interposé entre elle et son fils, entre son fils et la vie. Elle détestait *l'image* que Savinien avait devant les yeux, qui s'irisait de ses larmes et se transfigurait de ses regrets, l'image aux cheveux châtains dorés de soleil, aux traits menus, au flottant sourire, à la grâce imprécise, de Françoise de Sénanges, l'image redoutable d'être si pâle et prête à se dissoudre dans la brume du tombeau.

Une cendrée violette tomba du ciel sur le paysage qui frissonna insensiblement de l'approche nocturne. Dans l'absolu silence la voix de Vitaline chanta :

Pour ceindre mes cheveux,
Ni bluets ni pervenche :
C'est elle que je veux,
La Rose rose et blanche ;
La Rose claire du printemps
Rend mes désirs contents.

Alors, invisible pour Savinien, un changement extraordinaire se fit sur le visage que Mme de Méréglise tenait baissé : ce fut l'invasion d'une grande joie. Dans son âme, un espoir fulgurait, allumé par le nom de femme et de fleur qui revenait mystérieuse obsession, dans la chanson de Vitaline : la Rose !

Il lui sembla que le destin même le lui criait ; jamais le mot inspiration ne fut plus vrai. La comtesse Élisabeth eut une vision qui lui montra tout à coup Savinien consolé, heureux, et le miracle à venir s'offrait à elle avec la netteté des faits actuels dans la voie ordinaire. C'était la magie du nom fleuri qui l'opérait. Quand la vision se fut éteinte, elle en demeura néanmoins affermie sur une certitude : elle était sûre de l'oracle qu'elle venait de recueillir.

Paisiblement, elle demanda à Savinien :

— Comptez-vous toujours passer l'été à Méréglise?

— Oui, répondit-il, et même, si cela vous agrée, je désirerais y rester jusqu'à la saison des chasses. Je vous conduirais ensuite en Italie.

— Accordé. Moi, à mon tour, je vous demanderai quelque chose. Laissez-moi inviter deux ou trois amis, de ceux que vous aimez et qui ne sont pas trop bruyants, pour peupler notre solitude sans la troubler.

— Qui voulez-vous donc inviter, ma mère?

La question laissait percer sa défiance et son hostilité contre les importuns. La comtesse Élisabeth ne se déconcerta point.

— Mais d'abord, répliqua-t-elle en souriant, M. Pierre Anfrey.

— Oh ! oui, celui-là, s'écria le jeune

homme avec vivacité. Anfrey est ma meilleure, ma plus sûre affection. Et ensuite?

Comme si la seconde invitation avait dû paraître aussi naturelle que la première, Mme de Méréglise répondit d'un trait :

— M. de Chalus et sa pupille, Rose.

Savinien, lui, hésita.

— Mlle de Fleuriel?... Vous croyez?... elle va nous trouver trop tristes.

— Non pas. Elle est très charmante et très bonne.

— Oui, Françoise l'aimait... Eh bien! invitez-les. Mais ce sera tout, n'est-ce pas?

— C'est assez, répliqua Mme de Méréglise avec un imperceptible sourire. Et maintenant, mon cher enfant, votre bras, pour rentrer.

Elle s'en empara, d'un geste de conquête: on eût dit qu'elle venait de reprendre Savinien au passé, à la mort, pour le conduire vers les régions de la vie.

II

— Vrai, vous avez converti votre mère?

La jeune fille, en faisant cette question, appuyait ses mains fines sur le dos d'un fauteuil Louis XVI qui la séparait du jeune homme, et l'on eût dit deux blancs oiseaux posés sur l'étoffe à fleurettes roses. Elle avançait son buste chastement décolleté, dans une pose d'interrogation, les yeux avivés sous le battement des cils, une claire rougeur d'espoir à ses joues enfantines encore. Le couple s'était isolé, personne ne faisait attention à lui dans le salon de Mme de Chantoceaux, où retentissaient les premières mesures d'un *Tsop step* à la mode.

— Mais oui, répliqua en souriant Savinien. Autrement, serais-je ici ce soir?

— C'est juste, on vous avait défendu de me revoir, pauvre ami! Mais vous avez lutté, parce que vous m'aimiez, et nous triomphons. Votre petite fiancée est contente de vous .

Françoise défit le poignet d'un de ses gants longs, et, tendant vers son ami son bras frêle dans la gaine de chevreau parfumé, elle lui mit ses doigts nus sous les lèvres coquettement.

Elle allait sortir de pension : Mme de Chantoceaux, qui lui servait de « correspondante », était une amie de la comtesse de Méréglise; les jeunes gens s'étaient souvent rencontrés rue Rembrandt. Il y avait quatre ans que Mme de Sénanges était morte de la poitrine, laissant deux enfants, Françoise et Pierre qui se préparait à entrer dans l'armée. Le veuf, un gentilhomme du Forez, chasseur, mangeur, buveur et coureur, selon la formule de ses bons aïeux, ne se trouvait pas très capable de surveiller l'éducation de sa fille. Il s'en remit aux dames de l'Abbaye.

— Sois tranquille, nourrice, dit Françoise à la vieille Bertrande qui pleurait, je ne m'en vais pas pour toujours.

Et elle ajouta en riant :

— Le temps de ramener un mari.

Au pays, elle l'eût difficilement trouvé. M. de Sénanges ne voyait personne;

Mais à Paris, chez sa marraine Chantoceaux, qui avait accepté de la « faire sortir », elle avait chance de plaire à quelque homme de goût et d'honnête fortune. A l'exemple de tant d'autres, elle considérait son futur mariage comme une aventure permise, qu'il s'agissait de mener le plus adroitement possible.

Elle avait songé au fils de la maison, à Bernard de Chantoceaux, qui lui faisait la cour; mais, sous ses façons chevaleresques, elle le devina trop peu sérieux : elle le voyait madrigaliser également aux pieds de Mlle de Fleuriel, la pupille de M. de Chalus.

Ce fut un hasard qui lui amena Savinien.

Il achevait en ce moment ses études de droit, pour obéir à la comtesse Élisabeth, et vivait à Paris comme à Méréglise, partagé entre la rêverie, le travail et quelques relations. A une époque où il est fort difficile de rencontrer un gentleman, il était mieux : un gentilhomme. Il avait été élevé par sa mère et un prêtre d'ancien régime, pour qui la prédestination des races aristocratiques était un dogme. Éducation qui lui fit un caractère mystique et un peu hautain. Sa fierté d'origine rendait plus charmante la douceur dont il s'humanisait, toutes les fois qu'il conversait avec une femme. D'ailleurs, il avait reçu de la comtesse tant d'affection que sa personne, ses manières, sa parole, s'étaient comme imprégnées d'amour.

Le choix de Savinien s'était déjà fixé d'une manière irrévocable quand il lui en fit part. Dès l'abord, Mlle de Sénanges lui avait plu extrêmement. Sa grâce mobile et changeante le troubla sans trop l'effaroucher ; ce sourire, ces yeux de toute jeune fille, semblables à une eau vive où danse du soleil, l'étourdissaient ; la frivolité de la jolie créature contrastait si bien avec son propre sérieux ! Il se prit à chérir follement la fillette qui lui révélait l'amour. Parfois, des passades de mélancolie rendaient Mlle de Sénanges très touchante, quand elle se souvenait de sa mère qui lui manquait, ou pensait à l'avenir incertain.

Un jour qu'elle se trouvait dans le salon de Mme de Chantoceaux, seule avec Savinien, il la vit s'attrister subitement.

— Qu'avez-vous ? lui demanda-t-il.

— Rien.

— Si.

— Je songe que personne ne m'aimera, parce que je suis pauvre.

— Méchante ! Et moi ?

Il sentait une pitié délicieuse lui remuer l'âme, il serra sa mignonne amie dans ses bras, lui baisa ses cheveux bruns et dorés. Elle s'écria :

— Oh ! c'est mal, — et toute pleurante, elle alla s'enfermer dans sa chambre.

Le jeune homme, vaincu par ce grand trouble qu'il avait déchaîné, fut pris tout à fait. Sa mère était alors à Paris : le soir même, il se confessait à elle, lui demandait de consentir au mariage.

Mme de Méréglise refusa.

Pendant longtemps, Savinien se rappela la scène, chez une parente de la comtesse, qui donnait hospitalité à sa cousine dans un grand appartement froid comme une église, rue de Vaugirard. Il revoyait le vaste salon carrelé de rouge, les meubles familiaux aux formes surannées, le fauteuil à guipures où sa mère était assise. Il l'entendait répéter d'une voix changée, avec une physionomie dure qu'elle avait pour la première fois en lui parlant :

— Non, mon fils ; un Méréglise vaut mieux que cette alliance-là. Je veux pour vous un beau-père que vous puissiez présenter. Quant à la petite...

— Je l'aime, ma mère.

— Elle est étourdie, frivole, affreusement coquette.

— Vous l'avez à peine vue.

— Assez pour la juger.

Elle avait tenu bon : Savinien s'était incliné devant la défense qui lui était faite de revoir son amie. C'était la première peine qui lui venait par sa mère.

Même alors, il ne douta pas de son affection, mais son jugement, hostile à Françoise, cessa de lui paraître infaillible comme auparavant.

Aussi bien, depuis l'épisode du baiser, il se sentait engagé d'honneur envers Mlle de Sénanges : la plus innocente caresse faite à une jeune fille équivalait pour sa délicatesse à un serment formel. Les billets navrés que Françoise lui envoyait, par la femme de chambre de sa marraine, l'entretenaient dans ses remords. Une crise de chagrin nerveux le bouleversa, au point de le rendre malade. La comtesse de Méréglise préférait à tout la santé de son fils. Elle réfléchit que Mlle de Sénanges n'était pas responsable des façons paternelles, et qu'en somme elle ne montrait pas beaucoup plus de frivolité que n'en font paraître les jeunes filles les mieux élevées de ce temps. Elle se ravisa, Savinien fut autorisé à retourner chez Mme de Chantoceaux.

Sans que Françoise l'aimât, il lui plaisait. Les choses s'arrangeaient d'elles-mêmes maintenant, et, comme il arrive parfois dans la vie, la pente se faisait tout à coup facile et moelleuse vers le bonheur. Chez M. de Sénanges, tout scandale avait disparu : la vigilance de Bertrande avait su conjurer momentanément les tentations autour de son maître. Savinien trouva net le foyer où il alla prendre son épouse.

Il jouit à cœur perdu d'un bonheur qu'il avait emporté de haute lutte. Françoise lui rendit l'affection légère et distraite dont elle était capable. Il put se donner l'illusion d'un grand amour réciproque. Les deux premières années de cette union se passèrent en fêtes et en voyages. Ensuite Savinien partit seul pour l'Auvergne, désireux de relever l'industrie créée à Ballore par son père, et qui n'avait pu, à cause d'une production insuffisante, lutter contre les nombreux concurrents de la région. Il s'agissait de rallier les artisans dispersés dans les fermes, pour reconstituer le village ouvrier, et de remplacer les antiques métiers à main par une puissante force motrice, à l'aide d'un courant d'eau souterraine dont on présumait l'existence. Pendant que M. de Méréglise bataillait de son mieux contre l'indifférence des paysans et la nature rebelle, la jeune comtesse, qu'il avait laissée à Fontainebleau chez une cousine, Mme de Sancé, dépérissait d'ennui entre la forêt et le palais historique : elle écrivait à son mari des lettres de désolation. Il fallait pourtant qu'il suivît sur place les travaux des ingénieurs à la recherches des sources ; il ne pouvait revenir. M. de Méréglise envoyait des réponses d'un volume, où il essayait de faire entendre raison à la chère impatiente.

Je vous jure, lui écrivait-il, *que mon existence loin de vous est le pire, le plus exaspérant de tous les supplices. Mais si je partais maintenant, tous mes efforts seraient anéantis. Je suis mal secondé et ne puis abandonner l'affaire à personne. Croyez que je souffre plus que vous, et que j'abrégerai le plus possible notre séparation.*

Peine perdue ! La comtesse ne cessait pas de réclamer tous les deux jours le retour de Savinien.

Tout à coup son énervement parut se calmer de lui-même : c'était sans doute l'influence des beaux ombrages voisins et de la somnolente cité. Elle se montra soudain résignée à sa solitude, et ne pressa plus son mari de revenir : elle lui écrivit même moins souvent et avec plus de brièveté. Du reste, Savinien, rebuté par la maladresse de ses aides autant que par l'inertie des villageois, ne devait pas tarder à abandonner son œuvre.

Il vint reprendre sa femme à Fontainebleau, pour l'emmener à Nice, où ils restèrent tout l'hiver et une partie du printemps. Là, il crut retrouver la félicité première de son amour.

Quand les époux durent s'arracher du paradis méditerranéen, ils eurent le sentiment de rompre eux-mêmes leur pacte avec le bonheur. Ils rentrèrent à Paris, attendus par la comtesse Élisabeth.

Dans la semaine qui suivit leur retour, ils donnèrent un thé chez eux, rue Rembrandt.

Parmi les voies élégantes qui aboutissent au parc Monceau, celle-ci a le plus grand charme.

Sitôt le mariage conclu, elle avait fait retenir par Savinien le premier appartement libre dans cette rue. Il touchait au parc, dont les ramures affleurantes semblaient un grand éventail déployé par le printemps devant ses fenêtres.

Ce soir-là, le ciel ensoleillé pénétrait par les baies ouvertes. Un thé roux de Ceylan fumait dans les tasses entre les piles de biscuits et de *muffins;* les causeries s'égayaient, vrais papotages de five o'clock ; légers comme le breuvage, craquants comme les minces galettes grignotées.

Les allées et venues des femmes, entre le buffet fleuri et les sièges à bâtons de laque où elles s'accommodaient, pour la lente dégustation, faisaient, dans la lumière horizontale de six heures, une confusion de blancs corsage, de nuques dorées, de menus gestes animant toutes ces frêles poupées mondaines. L'une des plus exquises était certainement la petite comtesse Françoise. Savinien la regardait amoureusement ; la puérilité de sa voix, de ses propos, lui était une raison de l'aimer davantage pour sa séduction de femme-enfant.

En face d'elle se trouvait son amie, Mlle Rose de Fleuriel, belle et fleurie de grâce comme son nom, semblable, avec son charme grave, à une rose pâle. M. de Chalus, son tuteur, l'accompagnait : gentilhomme philosophe, dont le souriant génie condescendait aux amusements mondains. Près d'elle, Bernard de Chantoceaux faisait miroiter les facettes de son parisianisme un peu trop soigné, comme sa coiffure. Il parlait sport et mondanités, abondamment. Plus simple, l'ami du comte de Méréglise, l'avocat Pierre Anfrey, attirait toutes les sympathies féminines par un prestige très viril : haute stature, regard de conquête, barbe vigoureuse et brune, il évoquait, malgré sa roture, un Bassompierre. Il était de ceux dont la nature disposa, sans les consulter, pour en faire expressément des hommes d'amour. Entre tous les courtisans de la jeune femme, il paraissait le moins empressé. Elle-même évitait de s'adresser personnellement à lui ; il y avait entre eux une imperceptible gêne.

Avec moins de scrupule, Pierre Anfrey eût fait un des don Juans de sa génération. Il possédait l'autorité involontaire de l'allure et de la parole : chaque geste, chaque mot manifestait chez lui l'ascendant physique. Il appartenait à une famille de magistrature héréditaire — bourgeoisie consacrée par les siècles, et façonnée comme une noblesse de robe au culte de l'honneur. Le doctrinaire Claude Anfrey, son père, était de la race des d'Aguesseau. Mais si la sévérité de la vieille France survivait dans cette lignée de juristes intègres et de probes citoyens, la nature, par contre, avait donné aux Anfrey le sang le plus amoureux, l'âme la plus passionnée. Une fortune considérable, déjà ancienne en leurs mains, leur eût permis bien des caprices. Cependant on ne relevait dans l'existence de Claude Anfrey, le père, qu'une seule faiblesse sentimentale, rattachée au souvenir d'un drame parisien, et si hautainement, si magnifiquement expiée, que le respect en était accru pour cet homme, qu'un repentir tragique avait foudroyé. Depuis, il ne vivait plus que par l'écorce, écroulé dans la paralysie à son foyer où sa fille aînée, qui avait pour lui renoncé au mariage, le soignait.

Pierre traversait la vie élégante sans tomber dans aucune de ces aventures qui déclassent ou asservissent. Savinien l'avait connu à l'École de droit; ils se comprirent: roturier et gentilhomme avaient hérité du passé les mêmes tendances chevaleresques. Le mariage du jeune comte relâcha, mais ne put rompre cette intimité fraternelle, semblable elle-même à une espèce de mariage moral, où la force généreuse de l'un s'alliait à la délicatesse de l'autre. L'avocat Anfrey fut le seul ami que tutoyât Savinien, qui gardait ses distances avec les gens les plus blasonnés, comme Bernard de Chantoceaux par exemple. Les deux hommes s'étaient devinés frères aussitôt.

Savinien aimait à dire :

— Je connais un aussi bon gentilhomme que moi : c'est toi, Pierre.

Cependant, M. de Chalus, dans une seconde de silence, avait jeté cette question à M. de Méréglise :

— Irez-vous en Auvergne, cette année?

Le visage de Françoise se plissa de contrariété ; Savinien s'en aperçut.

— Voici, dit-il gaiement, une personne que l'idée ne paraît pas beaucoup séduire.

— Je ne m'en cache pas, répliqua avec vivacité la jeune femme. J'ai pris Méréglise en aversion. C'est de votre faute, mon ami.

— Vraiment?

— Mais oui. L'été dernier, à cause de vos paysans, ne m'avez-vous pas laissée toute seule à Fontainebleau pendant une éternité? C'était très mal !...

Elle s'arrêta court — son regard venait de rencontrer celui de Pierre Anfrey. Tous deux en même temps baissèrent les yeux, dans une gêne semblable.

M. de Chalus observa, avec une légère ironie de vieillard :

— C'était héroïque, mon cher Savinien, de prendre sur un bonheur presque tout neuf le temps de s'intéresser au sort du peuple.

— Oh ! le peuple, cher monsieur !... il ne tient guère à ce qu'on l'aime. Rien à faire de lui, ni pour lui.

— Ne dites pas cela, monsieur de Méréglise, je vous en prie !

C'était Mlle de Fleuriel qui avait parlé, de sa belle voix frémissante, qui donnait à ses moindres mots un retentissement mystérieux.

— Je vous en voudrais de décourager mon admiration, reprit-elle. Je l'avais trouvée si belle, votre tentative pour ranimer malgré lui ce pays mort ! Tenez, — Françoise ne sera pas jalouse, — j'aurais voulu être votre collaboratrice.

Savinien s'inclina.

— Ne prenez pas cela pour une déclaration, au moins, fit M. de Chalus en riant. Ce n'est pas vous, c'est votre idée qui l'intéresse. Rose est une idéologue sans le savoir.

— Je suis votre élève, mon ami, répondit-elle, en mettant dans cette familière appellation une tendresse presque filiale.

— C'est vrai, reprit-il avec une fierté subite : elle est mon meilleur disciple. J'ai fait d'elle une petite philosophe. Mauvais service : cela rendra son établissement un peu difficile ! Elle ne pourra plus épouser un sot.

— Nous lui trouverons l'âme complémentaire, dit Françoise.

De son bras, elle entoura la taille de Rose et baisa doucement ses cheveux d'un blond vénitien adouci, délicieux autour de son clair visage. Le geste affectueux était sincère : la petite comtesse aimait Mlle de Fleuriel naïvement, avec la sensation que son amie lui était supérieure. Elles se connaissaient depuis le temps où on les conduisait chez Mme de Chantoceaux, à des bals d'enfants ou à des arbres de Noël.

Il était tard : quelques femmes se levèrent, les adieux commençaient, le groupe se trouva disjoint. A un moment, Mlle de Fleuriel fut seule avec la jeune femme.

— Sais-tu une chose? dit celle-ci.

— Quoi donc?

— C'est toi qui aurais dû épouser Savinien.

— Folle !

— Jamais je n'ai rien dit de plus raisonnable.

Et elle la regarda, sérieuse tout à coup :

— Malheureusement, continua-t-elle, dans le mariage erreur fait compte.

— Tu aimes pourtant ton mari?

— Certes. L'adoration dont il m'enveloppe me touche jusqu'à l'âme. Je l'aime... mais je ne le comprends pas.

— Comment?

— Il est trop sérieux pour moi. D'ailleurs, ajouta-t-elle, il ne me comprend pas non plus.

— Lui si profond, si affectueux pour toi ! c'est impossible.

— Justement ! il me place beaucoup trop haut, il ne me voit pas telle que je suis. S'il savait quelle pauvre petite âme frivole je fais, il me mépriserait, sûr !

Elle se tut un instant, puis changea de ton :

— Ah ! après tout, c'est peut-être moi qui ai raison, La vie est si courte !

Et elle rit. Pourquoi donc, dans le brouhaha de la fête, Rose entendit-elle cette phrase banale comme une parole de mauvais augure?

Les initiés se retirèrent. Savinien vint vers sa femme :

— Comme vous êtes pâle ! dit il.

— J'ai froid, répondit-elle en serrant les épaules.

Et elle ajouta :

— C'est étrange, je ne me suis jamais sentie lasse comme ce soir.

— Vous n'êtes pas malade? demanda-t-il, la voix déjà tremblante.

— Mais non, certainement. Quelle idée! — j'ai seulement besoin de repos.

Et elle se dirigea vers la porte de sa chambre.

— Comme j'ai froid ! répéta-t-elle encore.

Elle se coucha avec le frisson. Le lendemain, elle ne se leva pas.

Françoise avait la fièvre typhoïde. Du carnaval de Nice, elle avait rapporté dans la barbe de son masque un souffle de mort

***

Le médecin avait formulé son diagnostic : il était parti. Savinien tomba dans les bras de sa mère. Mme de Méréglise rendit l'étreinte à son fils sanglotant. Il y eut ensuite un silence. La comtesse prit les mains du jeune homme et le regarda dans l'âme.

— Mon enfant, écoute : je te promets de la soigner si bien qu'elle guérira. J'offre ma vie à Dieu pour la sauver, ta Françoise !

C'était la parole d'une croyante : Mme de Méréglise s'immolait réellement. Elle proposait à Dieu le marché héroïque. Ces mots et le tutoiement involontaire — le premier qu'il entendait d'elle — fondirent en larmes la détresse de Savinien. Il pleurait, abandonné sur son épaule, attendri, presque soulagé.

Un infini de douleur et de joie passa dans le cœur de Mme de Méréglise. Elle s'en rendait compte : son fils avait accepté son sacrifice, cette substitution ! Son dévouement suprême servait donc à le consoler. Sa maternité en fut heureuse, quoique déchirée, elle enfantait Savinien pour la seconde fois.

Elle avait promis de bien soigner Françoise : jamais engagement ne fut mieux tenu. Certes, elle n'aimait pas cette femme dont elle n'avait pas voulu d'abord pour son fils ; elle n'était pas revenue de sa défiance ni de sa secrète aversion. Mais pour celle qu'adorait Savinien, elle fut plus mère que Mme de Sénanges n'aurait probablement su l'être. Du jour où elle entra dans sa chambre, elle ne connut plus le repos : elle forçait l'admiration du médecin et des gardes, qui se relayaient et la trouvaient toujours là, entièrement déshabituée du sommeil et presque de la nourriture, soutenue par la seule effervescence de son dévouement, les yeux brûlés d'angoisse, bien plus que de veilles. Elle contrôlait l'exécution de toutes les ordonnances, elle prenait à chaque instant la température de la malade pour l'aller dire à Savinien, que le docteur avait exclu de la chambre parce qu'il n'était plus maître de son agitation. Et c'était elle, corps desséché, vigueur désespérée, qui soulevait, avec la Bertrande, Françoise délirante, pour la plonger — de force, hélas ! — dans le bain glacé.

Ah ! ces bains ! La fiévreuse ardait, avec ses quarante-deux degrés de fièvre, et l'eau terrible, qu'on espérait salutaire, lui coupait les os, lui pétrifiait la chair, morsure de glace appliquée partout à la fois. Le supplice recommençait toutes les trois heures ; puis, la maladie empirant, ce fut toutes les deux heures. Quand Mme de Méréglise s'approchait du lit, Françoise la regardait, regardait la baignoire, se rappelait. Elle se révoltait, griffait les mains qui allaient la saisir, jetait vers la pâle face meurtrie de fatigue toutes les clameurs de la démence.

— Elle va me faire mourir, criait-elle, elle va me faire mourir dans l'eau ! Elle ne voulait pas de moi pour son fils, et maintenant elle veut me tuer ! Savinien ! au secours, Savinien ! »

Les gardes, gênées, murmuraient :

« C'est le délire. »

Aucun muscle ne bougeait dans le visage de Mme de Méréglise. Elle ne tressaillit même pas, le jour où Françoise inconsciente la souffleta.

Une seule fois elle s'émut, ses traits se décomposèrent : la malade venait d'appeler :

— Pierre, au secours !

Anfrey, l'ami de Savinien, se nommait Pierre. Un soupçon flamboya devant les yeux de la comtesse Élisabeth comme une barre de fer. Elle songea : « La malheureuse !... »

Et elle se demanda s'il fallait souhaiter de la sauver encore. Puis la pensée terrible s'évanouit. Elle venait de se rappeler que Pierre était le nom de l'officier, frère de la jeune femme, parti depuis deux ans pour une mission lointaine, et dont souvent Françoise parlait. Chrétienne, Mme de Méréglise lui demanda pardon mentalement d'avoir calomnié son délire.

Savinien passait des journées, inerte dans un fauteuil, à pleurer. D'heure en heure, Mme de Méréglise venait lui apporter les dernières nouvelles.

Dans la fièvre typhoïde, la machine humaine ressemble à une montre affolée dont les aiguilles, à chaque instant, s'accélèrent ou se ralentissent. La température de Françoise montait et baissait par oscillations brusques, dont le malheureux recevait le contre-coup en espoir chimérique et en désespérance. Dans une de ces alternatives, où il croyait voir se balancer au-dessus du néant le fil auquel tenait la vie adorée, ses lèvres parlèrent d'elles-mêmes, bien qu'il fût seul, et prononcèrent ces mots qui vinrent y éclore sans sa volonté, comme des bulles à la surface d'une eau agitée :

— Ma chérie, si tu meurs, je te jure que je ne me remarierai pas.

Après les avoir articulés ainsi d'instinct sans s'en rendre compte, il les répéta deux fois, trois fois, dix fois, en adhérant de toute son âme, de tout son vouloir exalté, à la formule qui avait mystérieusement jailli de lui, sans lui. Jamais il ne s'engagerait assez. Cette fidélité franchissant la tombe, cette solitude perpétuelle dont il savourait d'avance les amertumes, l'enivrèrent.

Il eut l'idée que peut-être, à cause de ce vœu suggéré par une puissance inconnue, Françoise ne mourrait pas. Un espoir immense tomba en lui comme la foudre.

S'il l'avait sauvée !

Il ne fut pas surpris quand Mme de Méréglise lui annonça des symptômes qui laissaient croire à une amélioration possible. La température n'oscillait plus, elle demeurait stationnaire, *en plateau.*

— Le médecin m'a dit qu'il aimait mieux cela.

Le lendemain, on constata une décroissance régulière qui s'accentua vers le soir. On était à la fin du quatrième septénaire

— La fièvre typhoïde est en voie de guérison, déclara le docteur.

Le surlendemain, il reconnaissait avec épouvante les débuts d'une congestion pulmonaire.

Françoise était perdue. Avant de se retirer, chassée par la médication, l'infernale maladie avait assuré sa vengeance ; elle laissait un corps exténué, incapable de résister à ce dernier assaut.

Alors commença pour Savinien la torture des tortures. Il avait bien compris qu'à présent c'était la fin ; sur son cœur en détresse tous les souvenirs de son amour moribond s'abattirent. Mais le plus atroce peut-être, devant la mort évoquée, était de se rappeler l'enfantine grâce de son caractère, les goûts de petite fille qu'elle avait conservés.

Il y avait là, dans son cabinet de toilette, couchée dans un moïse drapé d'étoffes tendres, une poupée grande comme un enfant avec laquelle elle avait joué souvent, sachant bien, la chère coquette, que ces folies allaient à ses airs de baby. Savinien prenait le jouet somptueux, baisait avec frénésie les joues peintes de la petite figure où Françoise, mutinement, avait jeté ses lèvres ; il meurtrissait les siennes aux paillons et aux verroteries, heureux de les sentir saigner. Puis il sanglotait, sans lâcher le cher joujou tout froissé, et c'était un cauchemar vivant que cet homme aux yeux de fou, qui pleurait, pleurait en tenant sur ses genoux toujours cette poupée.

Un soir, les ténèbres venaient d'envahir peu à peu la chambre, et faisaient grimacer les contours familiers des meubles ; il tressaillit. Un rire aigu et chevrotant retentissait au dehors, tout près, rire de démon ou de sorcière, comme si quelque noir Azraël, voletant contre la fenêtre, et guettant l'heure où jaillirait l'âme de Françoise, se fût réjoui dans l'ombre.

C'était un ara, que les voisins du rez-de-chaussée, partis pour la campagne, avaient laissé ; la nuit l'énervait : étiré sur son perchoir, il riait, s'ébouriffait et s'étourdissait lui-même de son rire en crécelle.

L'orgue de Barbarie s'éternisait devant la maison avec son nasillement éploré, que les hésitations de l'odieuse manivelle coupaient de spasmes et de sanglots. Un polisson de passage, chantant à tue-tête, expectorait une gaieté canaille. Violemment, le monde entrait dans cette chambre de larmes, exacerbait, insultait la douleur. Ne faut-il pas toujours que son tapage redouble autour des endroits où l'on est occupé à pleurer et à mourir?

La pièce où était Françoise touchait à la salle de bains, disposition commandée au début de la maladie par les nécessités du traitement. Une cloison vitrée la séparait d'une petite serre où se tenait Savinien : il n'avait qu'à écarter la tenture plissée pour apercevoir le lit au fond et, sur l'oreiller, la figure d'épouvante. Définitivement, la maladie avait maté cette chair. Françoise n'avait plus rien de la vie, ni sursauts ni colères. Si, pourtant : les larmes. Longuement, intarissablement, elle pleurait. Un vagissement doux, une plainte de toute petite fille, sortait de cette chambre où la mourante, avant d'expirer, semblait hâtée de gémir une infinie souffrance, comme si elle avait vécu un siècle de peine. Oh ! la tristesse de cette agonie dans les larmes !

Parfois, toute pleurante, elle s'endormait les yeux ouverts, très blanche, prête pour le sépulcre. Et, par une suggestion singulière, il semblait à Savinien que c'était lui qui allait mourir ; un froid étrange l'engourdissait déjà. Hélas ! ce n'était que de la fatigue.

On lui frappa sur l'épaule, il se retourna. Derrière lui, Anfrey était debout.

Il revenait du Midi, où il était allé plaider un grand procès d'assises : il arrivait de la gare, n'ayant pas même pris le temps de passer chez lui.

— C'est toi !

Savinien s'accrochait à l'ami fraternel, d'une étreinte anxieuse, implorante, comme à un messager de salut qui tarderait à dire la bonne nouvelle. Instinctivement, les malheureux attendent le secours de quiconque les visite.

Après cet élan, il retomba à sa misère.

— Tiens, regarde, dit-il.

Françoise dormait toujours funèbrement.

— La voilà, ma chérie !... Voilà ce qu'elle est devenue !

— Calme-toi !

— Sais-tu ce qui est atroce, Pierre? C'est que, sous la griffe de la mort, elle soit encore une enfant. Regarde-la, mon ami : elle a un sommeil de petite fille, n'est-ce pas? Vois-tu comme elle dort dans ses cheveux? Tiens, elle croise ses mains. Oh ! mon Dieu !...

— Savinien, ne la regarde plus !

— Si, si, je veux... (Il étouffait.) Oh ! ma chérie, ma chérie ! Songe, Pierre, à ce qu'elle a enduré ! La fièvre, l'eau glacée qui lui donnait des convulsions ! Et maintenant, les cauchemars de l'agonie qui la font pleurer, à croire que son âme s'en ira dans ses larmes ! Mais qu'est-ce qu'elle peut donc se rappeler, dans sa pauvre vie si courte, pour pleurer comme cela? Elle n'a pourtant pas souffert ! J'ai tâché, du moins... Enfin, en ce moment, elle est calme... Dis, Pierre, est-ce que cela va être la mort?

Il avait bondi de son fauteuil. Maintenant, il marchait à reculons, titubant, la bouche grande ouverte, les yeux en flamme, le bras droit allant et venant, d'un mouvement convulsif, comme pour chasser, balayer quelque chose de devant lui, — un spectre. Il haletait.

Pierre l'avait saisi à plein corps, assis de force. Agenouillé près de son ami, il lui pressait les mains, lui parlait au hasard, l'occupant de caresses et d'un bruit de mots. Tout à coup Savinien, avec une vigueur inouïe, le repoussa, se mit debout. Il avait la tête renversée d'horreur, la main tendue, les lèvres tremblantes.

— Oh ! mais c'est à devenir fou ! Elle chante !... elle chante !...

En effet, un chant partait de la pièce voisine, et il était d'une puissance extraordinaire. La voix attaquait un air italien, si haut qu'elle semblait devoir s'arrêter aux premiers accents. Mais non ! elle poursuivait son ascension folle, et plus elle montait, plus elle s'épurait au contraire, comme si son timbre, à mesure qu'elle s'élevait, était devenu céleste. Ainsi l'oiseau va chercher au fond de l'azur la note suprême. Elle atteignit le terme de la passion dans une sonorité surhumaine : on eût dit la trompette d'argent des anges. Il semblait que le plafond s'était fendu, qu'au-dessus de la chanteuse le firmament s'ouvrait en gouffre.

Pierre et Savinien regardèrent. Françoise s'était assise, la tête levée comme pour suivre les volutes de cristal de la mélodie. Brusquement, elle se tut et retomba sur l'oreiller. La dernière note vibrait encore, comme une lame de verre abandonnée par la main qui l'effleura.

Au sortir de son nouveau sommeil, Françoise ne parla plus que pour demander sans cesse l'heure. Étrange manie des moribonds qui ont souci des minutes au seuil de l'éternité !

Savinien tenait la main de Pierre :

— Si tu savais, disait-il, quelle petite âme blanche va partir ! La vie ne l'a, pour ainsi dire, pas touchée ; mon amour, si fort qu'il ait pu être, a enflammé cette candeur sans la ternir. Elle était comme les madones, que leur maternité laisse enfantines.

— Que veux-tu dire? demanda Pierre anxieusement. Est-ce que?...

— Oui, mon ami ! j'avais aussi cet espoir... C'est encore cela que je pleure... encore cela !

Il ne vit pas que Pierre détournait la tête et qu'il portait la main à sa poitrine, le visage contracté par une douleur soudaine, étrange.

La porte s'ouvrit. Quelqu'un entra : un aspect de souffrance et de lassitude infinies, une robe noire ; c'était Mme de Méréglise. Elle regarda Pierre lentement, puis elle vint à son fils :

— Allez la voir.

Cette permission l'épouvanta. Françoise, décidément, allait donc mourir?

— Elle n'est pas plus mal, expliqua sa mère à la hâte. Mais elle a perdu connaissance... pour quelque temps seulement... Cela lui est déjà arrivé. Alors le médecin a dit que vous feriez bien d'aller la voir, pendant que vous ne risquez pas de l'agiter. Mais il ne trouve pas qu'il y ait de danger immédiat.

Elle baissait les yeux, n'osant croiser son regard avec le sien : sa voix hésitait. Savinien ne l'écoutait plus ; il s'était levé en chancelant. Mme de Méréglise et Pierre le soutinrent de chaque côté, tandis qu'il se dirigeait vers la chambre, titubant toujours. Mais, arrivé à la porte, il les repoussa ; il s'élança d'un seul bon au chevet de Françoise, s'y abattit, roulant sa tête contre la sienne sur l'oreiller, son souffle dans le sien, pour respirer de toute son haleine ce danger dont on l'avait privé jusqu'alors. Puis, il approcha sa bouche de l'oreille insensible, murmura quelque chose, son serment, sans doute.

— Il n'y a pas de péril pour lui, dit tout bas Mme de Méréglise. Françoise meurt guérie de son premier mal : c'est le cœur qui cesse ses fonctions. Mais, ajouta-t-elle avec un sourire sublime, c'est une charité de laisser croire en ce moment à mon pauvre Savinien qu'il lui donne sa vie.

L'amour maternel de la comtesse Élisabeth se haussait à ce degré surhumain qu'il savait comprendre les autres amours.

Pourtant, elle allait doucement vers le lit, elle effleura l'épaule de son fils :

— Venez, maintenant, lui dit-elle.

Il ne fallait pas qu'il vît Françoise mourir.

Il se leva, anéanti, docile, et la suivit. Pierre Anfrey restait seul sur le seuil.

Une émotion extraordinaire, enfin libérée, envahit ses traits. Aussi hagard, aussi affolé que s'il avait été Savinien et qu'il eût vu son amour agoniser sur ce lit, il se dirigea à son tour, d'un pas d'automate, vers le chevet de Françoise ; il y tomba agenouillé avec une plainte rauque.

Il baisa la mourante au front. Un mystère emplissait cette chambre.

Puis il sortit la tête basse. Il ne vit pas Mme de Méréglise qui rentrait et qui l'avait vu.

III

Françoise est morte depuis quelques jours. L'âme de la petite comtesse rôde encore dans l'appartement silencieux de la rue Rembrandt, et sans doute, enfantine toujours, elle se demande pourquoi l'on a voilé de housses sombres tableaux et statues, pourquoi le tic tac grelottant de sa pendulette de Saxe s'est arrêté sur sa cheminée, pourquoi l'on a fermé la chambre au soleil, et pourquoi Savinien, à genoux devant le lit, le visage écrasé sur la couverture de satin rose, pleure sans cesse des larmes qui brûlent l'étoffe.

Toutes les fleurs de la serre ont été portées dans cette chambre close : cela fait une atmosphère de chapelle ardente où l'on étouffe. Sur un fauteuil, la dernière robe de bal de Françoise est étalée ; jetée sur le dossier, la dentelle de Bruges qui enveloppait sa tête ennuage cette toilette floconneuse et molle comme un plumage de cygne. Et voici ses souliers, de légers patins à hauts talons, à la cambrure fringante, qui ont l'air, sur le tapis, d'être impatients de promenades et de valses, et qui ne savent pas que les petits pieds ne courront plus, ne danseront plus jamais. Dans le berceau, la grande poupée, somptueuse comme une vierge d'Espagne, rit de ses lèvres rouges et de ses yeux d'émail. Et Savinien pleure.

La petite âme se reconnaît, et pourtant elle ne comprend pas. Triste un peu, elle s'envole.

Le deuil a eu lieu avec un grand cérémonial. La comtesse avait Paris à ses obsèques, mais peu l'aimaient sincèrement de ceux qui étaient là. Son frère n'a pu qu'envoyer une dépêche de l'Indo-Chine, où il était en colonne ; M. de Sénanges venait à peine de quitter son lit, où il était resté des semaines, s'étant brisé la jambe à la chasse : il a montré à l'église et au cimetière un gros chagrin bruyant, que la vie campagnarde et son lourd bien-être engourdiront vite : Mlle de Fleuriel, rose pâle sous un crêpe, s'est inclinée sur la tombe de son amie. Savinien était fou : il a fallu l'arracher de la fosse, vers laquelle rampait sur les genoux, dans les plis d'une longue cape funéraire, un fantôme : la Bertrande. Mme de Méréglise, d'un cœur héroïque, assistait son fils jusqu'au bout de l'épreuve. Mais son œil était sec, son visage durci et fermé : elle se rappelait le baiser d'une piété sacrilège que Pierre Anfrey avait mis sur le front de la mourante, sans doute parce qu'il en avait le droit.

Parce qu'il en avait le droit !...

Sûrement un lien mystérieux avait rattaché cet homme à Françoise. Sans quoi, elle ne l'aurait pas appelé à son secours, dans l'inconscience du délire pendant sa maladie ; car c'était bien lui qu'elle avait appelé du nom de Pierre. Si la comtesse Élisabeth avait pu parler assez souvent, assez longuement, de la morte avec Anfrey, éprouver dans ses réponses, dans ses regards, sa sensibilité, épier ses remords, elle aurait fait certainement jaillir la preuve du soupçon grandissant qui l'envahissait. Mais à quoi cela lui aurait-il servi, puisqu'il aurait fallu le garder pour elle seule? Savinien ne la croirait pas, ou il ne lui pardonnerait jamais de lui avoir dit la vérité.

Alors, elle devait donc se résigner à ce que la morte volât les regrets de ce fils, dont la vivante avait détourné l'affection? Toute l'existence à venir de son enfant serait perdue pour une illusion, pour un mensonge?

Au moins, elle saurait le protéger contre les suggestions du désespoir, le soustraire à l'air de sépulcre qu'il respirait dans la chambre de Françoise, comme un avant-goût de la mort méditée. Elle décida de l'emmener le plus vite possible à Méréglise. D'ailleurs, le tumulte de Paris gênait Savinien dans sa retraite. Il troublait son rêve de silence ; des amis forçaient sa porte défendue ; on ne le laissait pas douter que la vie continuât après Françoise morte. Il ne pouvait éviter ce supplice, qui est le pire de tous en de pareils moments : songer aux autres, donner asile malgré soi à leurs pensées, à leurs gestes, à leurs préoccupations infimes dans le temple intérieur où l'image pleurée devrait être solitaire.

Voilà pourquoi Savinien partit sans protester pour Méréglise avec la comtesse Élisabeth, emmenant avec lui le fantôme qu'il nourrissait de sa vie. Pierre les accompagnait, ne pouvant quitter son ami avant qu'il n'eût repris un peu de calme.

Du haut de son plateau immense, boisé vers le nord, Méréglise tient toute la plaine. Le manoir austère a poussé de la roche au XIVe siècle, en un seul jet, mais les âges intermédiaires ont marqué sur lui leur empreinte. Il a fallu réparer les faîtages, démolis par les sièges, et l'on voit ainsi s'élancer de la toiture des clochetons qui rappellent Chenonceaux ou Chambord. On a refait le corps de logis, ajouté des ailes. Il reste cependant à cette architecture composite une incontestable grandeur : elle a vu sous des mœurs variables la permanence de la race. Mutilée, compliquée, déformée de toutes les manières, elle garde une âme.

Pendant les premiers jours, rien de l'univers extérieur, ni les paysages ni le ciel, n'exista pour Savinien. Il errait de chambre en chambre, comme un spectre, en s'appuyant à l'épaule de Pierre, qui le consolait parfois d'une étreinte muette, d'un serrement de main. L'affection des deux hommes semblait avoir redoublé depuis la mort de Françoise. Pierre surtout montrait une tendresse fraternelle pour l'ami foudroyé : sa façon de l'entourer, de le soutenir à chaque pas, à chaque minute, témoignait d'une pitié infinie envers le malheur. Si profonde était leur mutuelle sympathie, que leurs larmes coulaient ensemble quand ils parlaient de la morte.

Mais Mme de Méréglise, qui les observait, se sentait fortifiée dans ses premiers soupçons par cette conformité trop parfaite de leur regret. Il lui paraissait tantôt que l'affliction de Pierre avait quelque chose de personnel, et que la catastrophe l'atteignait pour son propre compte, tantôt que dans son amitié empressée pour Savinien subsistait un remords.

Celui de l'avoir trompé?

Ses yeux se fixaient âprement sur l'ame de son fils, comme pour lui extirper son secret.

Cependant l'avocat fut rappelé à Paris par ses affaires, et Savinien se retrouva seul auprès de la comtesse. Il s'enfermait dans la bibliothèque, restait des heures sans lire, assis dans un fauteuil ou debout devant les rayons, sans faire l'effort d'étendre la main vers les livres. Ou bien, il prenait un volume au hasard, l'ouvrait, le parcourait des yeux sans comprendre ; mais s'il y rencontrait les mots d'amour et de mort, il tressaillait, le texte s'éclairait pour lui d'une lueur de sang ; l'allusion le frappait en plein cœur. Et l'ouvrage échappait de ses doigts, roulait à terre. Par une sorte de persécution où s'acharnait le hasard, il ne pouvait plus interroger un de ces tomes à l'uniforme reliure brune, sans en recevoir ce rappel de l'irréparable, qui le choquait au creux de la poitrine, de façon à lui faire perdre le souffle.

Alors il eut peur de la bibliothèque. Chaque jour, maintenant, il s'en allait dans la montagne. Il l'aimait, parce qu'elle était sévère et pourtant douce, d'une mélancolie tempérée, s'attristant avec lui sans le désespérer davantage. Il allait, escorté le long de la route par les bonds d'une ombre pâle et rapide : Spark, son lévrier russe. Son but favori était ce village de Ballore, dont il affectionnait la taciturnité de ruine. Rien ne ressemblait plus à son âme veuve que ces maisons vides, avec leur carreaux ternis, pareils à des taies, derrière lesquels personne ne regardait plus. Ainsi, derrière l'émail de ses yeux tout embué de larmes, il n'y avait plus de curiosité et presque plus de regard.

« Il finira comme son père, » disaient ceux qui avaient connu la vérité sur le suicide du comte Tiburce. Chaque fois qu'elle l'avait vu partir, Mme de Méréglise tombait à genoux, priant Dieu pour qu'il le lui ramenât. Mais elle priait mal, parce que ses craintes rallumaient sa haine contre la morte.

Une âme s'unissait en silence à celle de Savinien, dans une mystérieuse sympathie de douleur. La Bertrande admirait secrètement la fidélité de son maître, et sa propre piété pour celle qui avait été plus que sa fille s'en trouvait réconfortée. N'osant pas le lui dire, elle mettait dans sa façon de le servir une dévotion humble dont il ne s'apercevait pas. La servante communiait dans la religion de son seigneur.

Le hasard fit cependant que leurs âmes se parlèrent.

Un jour, Savinien rentra dans son cabinet un peu plus tôt que de coutume : il y trouva la Bertrande, qui avait profité de son absence pour ranger. Elle s'était interrompue dans son travail : elle regardait une grande photographie de Françoise, qui la représentait fillette, et qui se trouvait accrochée au-dessus de la table où parfois le comte écrivait. Elle n'avait pas entendu Savinien venir et elle demeurait dans sa contemplation ; des larmes claires coulaient doucement sur sa face de buis qui restait rigide, sans la moindre contraction, et ses lèvres s'agitaient dans une invocation muette. Elle aperçut enfin son maître et tressaillit.

— Que M. le comte m'excuse. Je ne croyais pas qu'il reviendrait sitôt.

— Je n'ai rien à excuser, Bertrande... Vous aimiez bien Mme la comtesse Françoise, n'est-ce pas?

— Oh ! monsieur !...

Ce fut tout ce que la pudeur profonde de cet amour lui permit de dire. Mais au rappel d'un tel sentiment, une extase transfigura sa face, comme celle des pèlerins d'Emaüs, quand leur cœur devint brûlant dans leur poitrine en présence du divin Voyageur.

— Dites-moi, ce portrait est-il ressemblant?

— Oui, monsieur le comte. Dans ce temps-là, Mme la comtesse Françoise avait une douzaine d'années. Elle avait déjà ses beaux cheveux châtains presque aussi longs que quand M. le comte l'a connue, ils étaient seulement un peu plus clairs. Sa mère devait poser avec elle, et puis, au dernier moment, elle n'a pas pu : elle s'est trouvée trop souffrante. Monsieur le comte sait que le portrait a été fait au Mont-Dore?

— Oui.

— Nous y étions pour une saison, parce que Mme la baronne de Sénanges était déjà très malade de la gorge. L'année d'après, elle a été prise de la poitrine, et ç'a été fini.

Puis, revenant au portrait :

— Mme Françoise était déjà bien jolie, n'est-ce pas, monsieur le comte? Et moi, j'en étais fière : elle m'aimait bien. Même, Mme la baronne en était jalouse.

L'enfant, en effet, était ravissante : jupes courtes, nattes dans le dos, un toquet écossais planté gaiement, elle ressemblait à un lutin des bruyères. Le regard était d'une limpidité bleue ; la bouche, trop menue peut-être, même pour ce mignon visage, avait un sourire d'espièglerie ; le menton était fin, un peu aigu. Cette délicate figure éclairait le décor montagnard sur lequel on l'avait rapportée, et dont la majesté apparaissait moins renfrognée par son voisinage. A vingt ans, certes, la petite comtesse Françoise avait été une Parisienne exquise, mais l'enfance était l'âge véritable de sa beauté.

— Vous ne l'avez jamais quittée, Bertrande? demanda Savinien.

— Jamais, monsieur le comte. A Sénanges, à Paris, du vivant de Mme la baronne et après sa mort, jusqu'à ce qu'elle entre en pension à l'Abbaye. Elle n'aurait pas voulu, ajouta-t-elle avec fierté.

— Eh bien, vous allez me promettre une chose. Souvent, tous les jours, vous viendrez ici causer avec moi, et nous parlerons d'elle.

— Oh ! oui, monsieur le comte.

— Surtout de son enfance. Je ne connais pas son enfance, vous comprenez? Et je veux savoir, je veux revivre sa vie depuis le temps où elle était petite fille. C'est convenu?

— Oh ! merci, monsieur le comte ! Moi qui souffrais tant de ne pouvoir dire ces choses-là à personne !

Et Savinien de Méréglise, pour ce pacte où maître et domestique se trouvaient égaux dans une sainte pensée, tendit la main à la Bertrande, mais la servante la porta à ses lèvres.

La Bertrande était née de l'autre côté des Puys, au village de Saint-Claude, pays de mœurs âpres, à demi sauvages. Son dévouement pour ses maîtres avait la pureté et la rudesse de ces lames rocheuses brandies par les Cévennes en plein ciel, comme des glaives de pourpre et d'azur : son âme paysanne avait poussé aussi droite dans son étincelante probité.

Son affection pour la maison de Sénanges s'expliquait par ce fait que la baronne l'avait rachetée de la persécution et de la misère noire. Fille d'un incendiaire condamné comme tel, la Bertrande avait été chassée de Saint-Claude à coups de fourches : elle était venue tomber, mourante de faim et de fatigue, à la porte du château, elle avait raconté son histoire, et Mme de Sénanges, intéressée, l'avait prise à son service.

Très intelligente, elle rendit mille services à Sénanges ; la baronne lui fit épouser un de ses métayers, nommé Bertrand ; le ménage eut deux garçons jumeaux et une fille, Vitaline, dont la naissance précéda de fort peu celle de Françoise. La Bertrande revint alors au château comme nourrice ; elle ne devait plus le quitter. Son mari, pendant qu'elle nourrissait, fut tué par la chute d'un arbre, un gros *foyard*, qu'il abattait. La Bertrande resta donc à Sénanges avec sa petite fille : la même année où elle avait perdu son mari, ses deux jumeaux étaient morts d'une maladie que la science rudimentaire d'un praticien de campagne ne sut expliquer, et qui n'était autre qu'une méningite tuberculeuse... Sénanges, désormais, représenta pour elle l'univers avec Françoise et Vitaline, Françoise surtout. Les fillettes jouèrent, étudièrent ensemble. La baronne mourut. Le départ de Mlle de Sénanges pour l'Abbaye, son mariage avec Savinien, ne rompirent pas les attaches presque familiales de la Bertrande et de sa fille avec l'héritière.

Bertrande tenait les clefs du trésor des souvenirs ; elle l'ouvrait devant Savinien. Il ne se lassait point de reconstituer, sous la dictée de ce témoin fidèle, le passé de la disparue. S'il y a quelque vérité dans les théories des modernes spirites, l'âme de Françoise dut bien des fois assister en tiers à leurs entretiens ; de ces deux êtres, également passionnés par deux amours divers pour un objet identique, rayonnaient sans doute les fluides mystérieux où les esprits se réincorporent. Car plus d'une fois il leur arriva de frissonner ensemble, comme au passage d'un souffle, de porter en même temps leur main à leurs paupières, qu'une lueur de l'outre-tombe faisait ciller. Aucun d'eux n'osait dire : « Elle est là, » mais chacun le sentait.

Cependant, Mme de Méréglise avait surpris leurs colloques. Elle savait maintenant pourquoi, après tant de mois déjà, le souvenir meurtrier obsédait encore Savinien : une influence minait la sienne. Le fanatisme de la servante arrêtait l'œuvre de salut qu'elle rêvait d'accomplir. La morte avait dû prévoir qu'on chercherait à l'expulser de son dernier asile, de l'âme où elle se survivait : elle avait laissé derrière elle cette gardienne jalouse de son culte. Entre la comtesse Élisabeth et Bertrande la lutte était bien inégale ; il aurait fallu attaquer l'amour de Savinien pour triompher de celle qui en flattait la folie. Et cela, c'était impossible. Le fantôme aurait vaincu la mère.

Mais il advint qu'un soir une chanson, jetée par Vitaline à la brise des hauteurs, fit souvenir Mme de Méréglise d'un nom, d'une grâce pâle et blonde, qui s'appelait Rose de Fleuriel, et elle se dit que l'avenir de son fils pourrait être sauvé encore.

Savinien et sa mère venaient d'achever leur repas silencieux. Le jeune homme était remonté dans sa chambre. L'ombre se fermait sur le paysage. La nature s'endormait pesamment.

A cette heure trouble, sur le pont aérien qui joint le château de Méréglise à la chapelle romane, une forme noire glissait comme une larve sortie de la muraille : la comtesse Élisabeth venait prier dans l'oratoire familial, éclairé par la lampe d'adoration. Elle s'agenouillait au bord de la tribune, sur le coussin blasonné. Dans le vitrail en feu, en face d'elle, rayonnait l'image de Christine de Méréglise, morte en odeur de sainteté depuis cinq siècles. Sous les dalles, à ses pieds, dormaient d'autres Méréglise : Tancrède, qui fut à la prise d'Antioche ; Gaston, qui batailla sous Charles VIII en Italie ; Phébus, qui guerroya sous Charles-Quint ; Hector, qui passa le Rhin avec Louis XIV ; Gabriel, qui mourut à Fontenoy. Ils étaient là, avec leurs chapelains et leurs serviteurs, formant ensemble comme une immense famille funèbre. La grandeur de la race et celle de la religion se confondaient, s'exaltaient l'une l'autre.

La dame de Méréglise délibérait avec elle-même en présence de Dieu.

Il s'agissait de sauver le chef de la dynastie, le dernier Méréglise, de sa pensée en démence et de son désespoir. Le passé se levait du sépulcre, il se pressait autour de la comtesse Élisabeth, l'enveloppait d'une suggestion toute-puissante, la tourmentait d'une objurgation irrésistible. Et son amour maternel élevait une clameur en elle-même, bien plus forte et plus impérieuse encore. Mais le prodige ne pouvait être réalisé par elle : Rose, seule, avec son charme de rose mystique, ferait sûrement fuir les ombres de la mort qui menaçaient Savinien. Il faudrait vaincre l'image, le fantôme de celle qui, pour Mme de Méréglise, était deux fois l'ennemie, ayant péché contre son fils et contre le ciel.

Ainsi réfléchissait la comtesse Élisabeth pendant que, seul dans sa chambre, en haut de la tour de l'horloge, Savinien martelait le plancher d'un pas fiévreux.

Et elle ne se demanda pas un seul instant, dans sa rêverie, si elle avait le droit de faire courir à la jeune fille le terrible risque de l'aventure, ni ce que deviendrait Rose si la morte l'emportait. Elle ne songeait pas à ce qu'il arriverait de son repos et de son bonheur. Elle ne voyait que le péril de son fils.

La mère effrayée était inaccessible aux scrupules de la chrétienne.

IV

Au temps où les verreries de Venise et de Murano étaient dans toute leur renommée, Melchior de Fleuriel, gentilhomme verrier, partit du fond de l'Auvergne pour l'Italie, afin de s'y perfectionner dans son art. C'était alors une idée neuve ; plus tard seulement, les maîtres italiens devinrent les initiateurs des artistes français, quand la confrérie d'Altare voyageait chaque année au delà des Alpes, pour former des élèves dans le Forez et le Nivernais, où son souvenir revit encore par les noms illustres des Sarode. Mais au commencement du XIVe siècle, l'entreprise de Melchior de Fleuriel dénotait une initiative assez méritoire : le voyage, long et difficile, pouvait être sans résultats. Les Italiens seraient-ils disposés à livrer leurs secrets au hardi compagnon qui venait de si loin vers eux? Rien ne paraissait moins sûr. Mais Fleuriel était jeune, gentilhomme et pauvre : trois raisons excellentes pour avoir de l'audace.

Il était aussi très beau ; il avait ce type d'Auvergne, teint blanc, nez aquilin, front lisse, dont la noblesse s'imprègne tour à tour de rêverie et de décision. Cette beauté assura son succès au moment où il désespérait presque devant l'accueil des verriers. L'un des plus illustres parmi eux, Bordini, avait une fille, Rosa-Margherita ; elle vit, à la messe, dans l'église de Murano, le jeune Français, agenouillé près d'elle. Dans un même rayon de soleil qui jetait sur eux la pourpre des vitraux, dans un même flot d'encens, vers les calendes de mai ils s'aimèrent. Ce fut un amour furtif et tremblant comme celui de Bianca Capella, aventuré au péril des rendez-vous nocturnes ; Melchior de Fleuriel risquait la mort pour un baiser sur les fauves anneaux d'une chevelure, sur les petits pieds nus de l'amoureuse, déchaussés pour ne pas faire de bruit, où ses lèvres allumaient des roses.

Bordoni surprit les jeunes gens. Il adorait sa fille unique; il les maria et il enrôla Fleuriel dans son atelier, après lui avoir fait étendre la main sur les statuts de la corporation.

Le gentilhomme eut vite terminé son apprentissage : il était initié à cet art charmant des perles, de verre, *arte del margaritaio*, né de l'admiration qu'inspirent aux ouvriers de Murano les pierres précieuses rapportées par Marco Polo de ses voyages. Ouvré de sa main, un frémissant collier de *marguerites*, dont la blancheur paraissait morte sur la peau plus blanche, ornait le col frêle de l'épouse.

Au bout de quelques années, il eut le mal du pays; il rentra avec Rosa-Margherita à Fleuriel où il apportait un art nouveau. Il voulut aussi des armes nouvelles pour perpétuer la renommée de celle qui avait exaucé son rêve d'artiste et sa ferveur d'amant ; il porta désormais *d'azur à la fasce d'or, accompagné de trois roses de gueules, pour cimier, une femme issant les cheveux épars, couronnée de roses de gueules, tenant une rose de même, tigée et feuillée de sinople.* La devise était celle des Gordon d'Écosse : *En la rose je fleuris.* N'était-ce pas en effet à la jeune fille au nom de fleur qu'était dû ce refleurissement de Fleuriel?

De génération en génération, de siècle en siècle, le nom mystique s'épanouit sur les rameaux de la tige revivifiée : il fut porté par d'innombrables Fleuriel, chastes, gracieuses et belles de la beauté héréditaire, à laquelle se mêlait un peu de langueur vénitienne. Il baptisait aujourd'hui le charme d'Isabelle-Rose, que la poétique fatalité de son horoscope avait fait naître à la fin du mois des roses.

Elle résumait en elle, éclose la dernière de cette lignée, sa grâce où la mélancolie tempérait l'énergie primitive. La dynastie de Fleuriel aboutissait à cette fleur suprême. Ses parents établis à Lyon, où ils avaient transporté l'art traditionnel, étaient morts dans une épidémie causée par les brouillards du Rhône ; l'enfant, qu'on avait mise en pension à la campagne, à cause de sa santé incertaine, échappa.

Orpheline, elle revint pour quelque temps à la ville, où son tuteur, M. de Chalus, le meilleur et le plus ancien ami des Fleuriel, la garda près de lui. Les premiers souvenirs de Rose lui retraçaient cet hôtel de Chalus, proche de la Tête d'Or, une grande bâtisse provinciale, d'aspect un peu morose, mais, à l'intérieur, d'une belle et avenante ordonnance, avec ses pièces claires, ornées de fresques et de statues, comme le palais d'un sage Athénien. Sa curiosité était intéressée par une sorte d'observatoire, muni de divers appareils utiles à l'astronomie et à la géodésie, qui passionnaient M. de Chalus. La fillette n'avait pas été rebutée par la sévérité de sa demeure nouvelle, car on y sentait la présence d'un génie indulgent, amène, comme un flottant sourire dans le temple de la science.

Sur l'éducation, M. de Chalus avait un peu les idées du XVIIIe siècle : il pensait que les enfants gagnent à être élevés le plus près possible de la nature. Sa pupille fut peu tourmentée de leçons ; il l'emmena, dès les beaux jours, dans son petit château de la Limagne. Rose grandit au pays de l'Astrée, et déjà, en la grâce de ses traits longs et rêveurs, de sa blonde chevelure mollement bombée sur un front droit, elle ressemblait aux bergères-reines des pastorales Louis XIII. Elle s'harmonisait avec le paysage de tapisserie, la pâleur des eaux filant sous les saulaies, le ciel d'or fané qui verdit au couchant. Lorsqu'elle courait sur les rives du Lignon, petite nymphe exquise d'enfance, bondissante parmi les troènes, dans cette prairie de bucolique, il se dégageait d'elle une séduction qui allait jusqu'au prodige. Les vieilles bourrues, qui grommelaient en coupant des herbes, relevaient la tête sur son passage et souriaient. Elle était vraiment la fée et la reine de ce village de Crillon.

Tout en laissant Rose vivre le plus possible à la campagne, M. de Chalus l'emmenait chaque année à Paris : les sauteries enfantines chez Mme de Chantoceaux furent pour elle la première révélation du monde. Son adolescence s'acheva ainsi, partagée entre les prairies de la Limagne et deux ou trois salons parisiens, assez vieillots, mais exquis : peu à peu elle était devenue jeune fille.

Ce fut l'épanouissement d'un charme adorable, comme celui des matinales roses dont le nom l'avait providentiellement baptisée. Autour d'elle, cette créature semblait faire de la lumière : un halo de candeur argentée l'entourait. Personne n'échappait à cette impression de pureté, de clarté tendre et fleurie. Le mince profil, rappelant celui que la tradition attribue à Marie-Antoinette et à Charlotte Corday, semblait le pétale recourbé d'une fleur lumineuse. Un étonnement de tout, une ingénuité attentive, vite effarouchée, donnait au regard une vie de songe sous les sourcils plantés très haut ; les yeux, dans la pâleur du visage fait de nacre mourante, étaient deux émeraudes : on les sentait habités par un rêve qui dévorait la chair presque immatérielle. Le sourire se jouait sur cette blanche figure, comme le rayon du matin se complaît à la surface des piscines ; il s'aiguisait parfois d'une malice frêle ; aux instants de mélancolie, la lèvre pure infléchissait sa courbe douloureusement. Il avait parfois aussi cette grâce lassée qu'on trouve au sourire de Joséphine à la Malmaison, dans le tableau de Gérard ; à celui de la nymphe assise à gauche dans le *Concert* attribué au Primatice. Tout était douceur : le blond vénitien de la chevelure offrait une nuance atténuée dont les peintres n'ont jamais imaginé la délicatesse ; il faisait à cette pâleur un diadème de soleil. Et c'étaient mille grâces encore ; la faiblesse du col et des mains, qui s'ouvraient en un geste habituel, fragiles mains d'innocence et d'enfance.

Le plus profond des poètes a dit que le sceptre d'une femme est dans sa voix : nulle voix jamais n'eut le divin frémissement de celle de Rose. Elle était grave pourtant, mais tendre, mais émue, mais palpitante. La moindre parole vibrait longuement dans la mémoire. Quiconque l'avait ouïe ne perdait plus le souvenir de ses caresses voilées. De même, quiconque voyait Rose une fois ne pouvait méconnaître la poésie que dégageait sa beauté. Était-ce la noblesse de lignes par laquelle le type d'Auvergne ressemble à l'ancien type hébraïque, la lointaine hérédité de l'aïeule italienne, ou cet autre atavisme de dix générations d'artistes, préoccupés constamment par le même idéal de grâce frêle et lucide? Toujours est-il que ce visage de jeune fille suggérait, du premier regard, toute la fantaisie aérienne, toute la féerie entre ciel et terre de *Peines d'amour perdues*, ou du *Songe d'une nuit d'été*.

Rose était coquette par un besoin d'être entourée et choyée, par instinct aussi de répandre autour d'elle sa grâce : tout ce qui est beau veut rayonner. Mais plus que cette séduction éclatait la blanche loyauté du caractère. Droiture, franchise, générosité, ces vertus qui ne semblent que viriles s'alliaient à son charme de femme. Et par là, comme par la déconcertante universalité de son intelligence, elle était bien la fille spirituelle de son maître, de l'homme au cœur profond et au puissant cerveau, sur la vieillesse duquel luisait son sourire.

Ce soir, la rue provinciale et aristocratique de la Ville-l'Évêque était déjà retombée au calme. Rose travaillait dans sa chambre tendue d'étoffe prune, sur laquelle tranchaient des eaux-fortes, des aquarelles, des dessins aux cadres légers. Dans un angle se dressait une vitrine où Mlle de Fleuriel entassait les menus souvenirs de sa vie de jeune fille : des émaux rapportés de Bresse, un collier de corail qui seyait merveilleusement à la blancheur de sa peau et à l'or fluide de ses cheveux ; des bibelots du XVIIIe siècle, joujoux artistiques, collectionnés pour elle par M. de Chalus ; de frêles coupes de Venise dont la tige, mince comme celle d'une fleur, supportait l'évasement du calice épanoui ; des amphores de verre, sveltes et sinueuses comme un flanc de vierge.

Tout cela racontait le passé industrieux de Fleuriel, des siècles d'efforts nobles et patients vers la plus grande beauté de la forme, et il semblait que, dans ces multiples ébauches, les ancêtres de la jeune fille avaient élaboré, de perfectionnement en perfectionnement, le type de grâce souveraine qu'elle représentait aujourd'hui. Sur la muraille, un grand pastel la montrait en robe de soirée, mais ne savait rendre cette finesse irréelle des traits, cette ondulation de la vie semblable à un tremblement de soleil à la surface de l'eau. Dans des vases, dans des corbeilles, partout, des roses débordaient. Beaucoup se fanaient déjà : Mlle de Fleuriel ne pouvait les garder longtemps près d'elle ; de cette créature, consumée par une âme de feu, émanait une fièvre qui tuait dans son voisinage ces vies parfumées.

Les fenêtres étaient closes et les lampes brûlaient, bien qu'il fît jour encore. La jeune fille achevait de peindre, sur une robe du soir, une bordure de roses d'où partaient d'autres roses montantes : le travail devait être exécuté à la lumière artificielle pour laquelle il était combiné. Mlle de Fleuriel continuait sa tâche avec application : le rayon des lampes faisait vivre sa chevelure d'une vie frémissante, dans un envolement de fils d'or, et baisait ardemment la pâleur de son visage. Elle ne releva pas la tête quand M. de Chalus entra ; elle ne l'entendait pas venir.

Il s'avança jusqu'au milieu de la chambre, une lettre à la main : il ne disait rien, il contemplait avec tendresse la blonde travailleuse. Enfin, sans l'avoir encore aperçu, comme il arrive quelquefois, elle sentit sa présence. Elle lui sourit, en levant les yeux.

— Ce sera bientôt fini, dit-elle en montrant la flore éclose sous ses doigts.

M. de Chalus regardait son œuvre avec cette attention sérieuse qui la flattait bien plus qu'un compliment.

Puis, revenant à l'idée qu'elle lui avait fait oublier :

— Cela ne te déplairait pas de passer quelques semaines à Méréglise? demanda-t-il.

— Comment cela ? répliqua-t-elle étonnée.

— La comtesse nous invite : voici sa lettre. Tiens, tu peux la lire.

Et il la lui tendit. Tandis qu'elle la parcourait, il crut voir sur le visage de Mlle de Fleuriel une joie étonnée.

Cher monsieur, écrivait Mme de Méréglise, *je viens vous demander, ainsi qu'à Mlle de Fleuriel, une véritable grâce. Je vous prie, de la part de mon fils comme de la mienne, de consacrer à Méréglise une partie de vos loisirs cet été, la plus grande, si ce n'est pas trop exiger de votre dévouement. Mon cher Savinien sera heureux de vous voir, et moi, j'attends beaucoup de l'influence que votre haute raison exercera sur lui. J'ose en même temps faire appel, dans mon égoïsme de mère, à la charité de votre charmante pupille, qui ne refusera pas de se joindre à vous : pour ceux qui souffrent et qui ne veulent pas qu'on les console avec des mots, la présence de la grâce est une consolation silencieuse, qu'ils ne songent pas à repousser.*

Je sais que je vous demande là un sacrifice, qui sera surtout sensible à Mlle de Fleuriel. A son âge, la vue de la tristesse jointe à la solitude est plus particulièrement pénible. Mais je compte précisément sur elle et sur vous pour adoucir l'une et l'autre à mon pauvre Savinien.

Vous trouverez d'ailleurs à Méréglise notre ami commun, M. Pierre Anfrey, dont la rencontre n'est pas, je crois, pour vous déplaire...

— Eh bien, interrogea M. de Chalus, nous acceptons, n'est-ce pas? Cela ne t'ennuiera pas trop, décidément?

— Oh ! non, répliqua-t-elle avec vivacité. Puis, elle ajouta, songeuse :

— Comme il la regrette encore !

— Cela t'étonne?

— Non pas. Seulement il me semble qu'il lui a toujours donné plus d'affection qu'il n'en a reçu d'elle. Oh ! je ne prétends pas qu'elle ne l'a pas aimé, cette pauvre Françoise. Mais pas autant qu'il aurait dû l'être, pas comme il l'aimait lui-même. Il est si profond !

Elle avait parlé avec feu : M. de Chalus sourit légèrement ; elle rougit, se remit à son ouvrage. Pour ne pas trop l'embarrasser, il ouvrit un livre qui se trouvait sur la cheminée, le feuilleta un instant.

La destinée, se disait-il, avait fait une erreur en unissant Savinien à la frivole Françoise ; elle la réparerait peut-être en favorisant cette nouvelle alliance qu'il rêvait entre deux êtres dignes l'un de l'autre : Rose et Savinien.

Doucement, il quitta la chambre. Une fois seule, Mlle de Fleuriel demeura rêveuse, oubliant son travail. Elle interrogea anxieusement sa conscience.

— Je viens d'avoir, se disait-elle, un mouvement d'hostilité contre Françoise : c'est mal. Pourquoi l'ai-je eu, ce mouvement? Qu'est-ce que j'éprouve? Qu'est-ce que je ressentais déjà contre elle, obscurément, quand elle vivait? Était-ce de la jalousie? Je ne le crois pas : je lui reprochais seulement de méconnaître son mari de ne pas savoir l'aimer, comme il me semblait que j'aurais voulu l'aimer, moi, à sa place. Et, maintenant, pourquoi suis-je heureuse d'aller à Méréglise? Est-ce que j'aimerais Savinien? Non, ce n'est pas possible. Je suis fière, je n'aurai jamais d'amour pour quelqu'un qui ne m'aime pas, et lui, j'en suis bien sûre, il n'a jamais fait attention à moi. Mais il est si malheureux, à cause d'une femme ! Il est juste qu'une autre femme désire lui faire du bien.

Mlle de Fleuriel était sincère.

Pour tenter sa noble nature, il fallait que l'amour se présentât à elle sous cette apparence d'une charité délicate à exercer, d'une tâche réparatrice à remplir. Autrement, dans sa fierté, la Rose pudique aurait attendu que l'hommage d'un dévot vînt la chercher au fond des solitudes.

V

Rose dormait dans un coin du wagon, enveloppée dans un châle rouge des Pyrénées, sa mince figure fripée de fatigue, la tête inclinée sur l'épaule, les mains pendantes. M. de Chalus la toucha légèrement :

— Nous allons être arrivés.

Mlle de Fleuriel se leva d'un mouvement lent, puis elle atteignit son chapeau placé dans le filet, piqua la longue épingle dans ses cheveux. Le train s'arrêtait net, sans secousse appréciable, conduit par un de ces mécaniciens experts que l'on choisit pour convoyer les voyageurs vers les villes d'eaux élégantes, pendant la saison.

Un cri courut en appel à toutes les portières :

« Randon ! »

Tous deux descendirent. Savinien de Méréglise les attendait sur le quai ; tête nue, s'avança vers eux, il s'inclina. Mlle de Fleuriel constatait non sans pitié la crispation de ses traits amincis, et l'affaissement d'un corps où s'éteignait l'énergie vitale ; la tristesse de cet aspect était accentuée par la banalité du décor que faisait à la scène cette petite gare de province.

M. de Chalus s'enquérait de la comtesse Élisabeth.

— Ma mère va bien, répondit le jeune homme. Elle vous remerciera tout à l'heure d'avoir accepté son invitation. En attendant, permettez-moi de vous remercier moi-même, cher monsieur, d'être venu, avec Mlle de Fleuriel, lui apporter le secours de votre amitié. Il lui est bien nécessaire dans la vie morose à laquelle elle se condamne pour ne pas me quitter.

D'un geste spontané Rose lui tendit la main ; il la serra avec une sorte de brusquerie, ému de cette sympathie muette. M. de Chalus à son tour lui offrit la sienne. Ils ne parlaient pas, craignant les choses intimes et douloureuses qu'il aurait fallu dire.

Savinien appela son domestique, et lui remit les bulletins de bagages des deux voyageurs. Puis tous trois sortirent. Dehors, une voiture attendait.

— J'ai pris le break, expliqua-t-il, parce qu'il fait très beau, et que vous aurez plaisir sans doute à regarder la route, qui est assez pittoresque jusqu'à Méréglise. Mais je crains que Mlle de Fleuriel n'ait froid.

En effet, Rose serrait les épaules sous sa mante des Pyrénées.

— Oh ! dit-elle, je sors du wagon où j'ai dormi, je suis encore un peu engourdie, mais je me réchaufferai bien vite. Voyez quel superbe soleil !

Le jeune homme, après avoir surveillé la façon dont son domestique disposait les bagages, s'installa sur le siège et prit les rênes.

— Vous êtes bien? demanda-t-il.

— A merveille. Le trajet sera-t-il long?

— Une heure et quart, à peu près.

L'équipage partit au trot des chevaux bais très près du sang, que leur maître contenait avec une certaine difficulté. Leurs sabots martelaient le pavé pointu de la petite ville, encore à moitié endormie. Randon ne s'anime qu'aux heures où sa clientèle estivale afflue vers le parc et le casino ; hôtels et villas se vident alors de leurs habitants, comme une fourmilière en alarme ; puis, toute cette foule disparaît, instantanément résorbée. La voiture suivit l'interminable rue d'Uzès, sans rencontrer d'autres humains que quelques paysans menant des attelages de vaches : chariots et conducteurs évoquaient une civilisation lointaine, et tous ces rustiques portaient les moustaches à la gauloise, comme Vercingétorix. Mlle de Fleuriel se sentit rapprochée tout à coup de sa chère Limagne.

A la sortie de Randon, la route montait par un brusque ressaut. Le trot des chevaux se ralentit un peu ; Savinien se tourna sur son siège.

— A présent, mademoiselle, vous allez être dédommagée. Regardez derrière vous.

Randon s'étalait dans la plaine, où la rivière de l'Allier épandait sa nappe claire : c'était un désert de verdure coupé par de longues files de peupliers qui processionnaient à travers l'étendue glauque, vibrante de soleil. Une sorte de vertige lumineux montait de cette immensité. Des deux côtés de la route, bientôt, on aperçut de nouvelles vallées, de nouvelles plaines, entre les contreforts qui s'enracinaient à la chaîne principale : chaque pas des chevaux, mordant le grès, faisait éclore un mirage de plus aux brèches du chemin : on avait la surprise d'une trouée verte au fond de laquelle luisaient des blocs calcaires, des toits de fermes, des clochers de villages. Et bientôt, sur la droite, apparut la chaîne des Puys, géants carrés, trapus, pareils aux anciens autels celtiques, au-dessus desquels l'irradiation des neiges éternelles, frappées par le soleil, semblait l'embrasement des sacrifices. Ils se mêlaient aux nuages dont ils imitaient la couleur.

— C'est beau, murmura la jeune fille.

Le caractère de ces paysages de montagnes devenait de plus en plus saisissant.

La voiture gravissait maintenant au pas la dernière rampe. On n'apercevait devant soi que la montée du chemin à pic et le bleu du ciel : cela donnait une impression de fin de monde, comme si l'on eût touché aux frontières de la terre et du firmament.

— Nous sommes presque arrivés, dit Savinien.

Il poussa un peu les chevaux qui, sentant de nouveau le terrain plat sous leurs pieds, filèrent à toute allure. Et soudain l'immense plateau de Méréglise apparut, avec le village et le château tout proches, et, dans le lointain, une mer de verdures et de vapeurs, flottante ceinture de forêts et de nuages.

Au grand trot, on atteignit les premières maisons. Les enfants et les vieilles femmes vinrent, sur le pas des portes, curieusement ; ils regardaient éblouis la beauté de Rose, qui passait dans l'éclair de la course. Elle les intriguait par sa chevelure d'un or miraculeux et sa pâleur. Mais la voiture arrivait devant le château, enfilait une avenue de marronniers, s'arrêtait. Savinien sauta à bas de son siège, aida M. de Chalus et sa pupille à descendre.

— Vous voyez, dit-il, que ma mère nous attend.

La comtesse Élisabeth se tenait debout sur le perron, et paraissait très grande au seuil de la hautaine demeure. Ses cheveux gardaient leur nuance vigoureuse, qui rendait presque durs les traits réguliers, soulignés par l'âge, et les plans du visage évidés. Mais un sourire de bienvenue éclairait sa physionomie.

Elle fit quelques pas au-devant de ses hôtes, prit les mains de M. de Chalus dans les siennes, puis, attirant Mlle de Fleuriel contre sa poitrine, elle la baisa au front :

— Ma chère enfant, lui dit-elle avec tendresse, laissez-moi fêter le premier rayon de soleil qui entre à Méréglise.

Comme ils franchissaient le seuil, la Bertrande les croisa. Elle jeta sur Rose un regard hostile. Était-elle irritée de la présence d'une femme dans cet asile du veuvage inconsolé? Avait-elle un soupçon de ce que méditait la comtesse Élisabeth pour disputer Savinien à la mort? Qui sait? sa jalousie pour le compte d'une autre la rendait bien capable de telles intuitions. Muette et farouche, elle passa.

— Vous nous avez annoncé M. Pierre Anfrey, dit M. de Chalus. Aurons-nous le plaisir de le voir aujourd'hui?

— Oui, répondit Mme de Méréglise. Il est arrivé depuis deux jours, mais il travaille dans sa chambre à ses dossiers : il ne paraîtra pas avant le déjeuner. Il a apporté ici une véritable liasse, et il faut bien qu'il s'occupe de ses affaires pendant qu'il sera à Méréglise ; il nous fait l'amitié de prolonger son séjour jusqu'à la rentrée... Voulez-vous me suivre? Je vais vous montrer vos chambres.

Elle passa devant eux ; elle marchait dans l'immense corridor avec la légèreté d'une jeune femme. Ils laissèrent à droite la salle des Gardes, à laquelle M. de Chalus et sa pupille jetèrent un regard d'admiration. La cheminée surtout les frappa, avec ses cariatides de style italien, ses landiers gigantesques, son manteau sculpté sur lequel se déroulait la série des douze travaux d'Hercule en haut relief. Une rangée d'armures le long des murailles rappelait l'immobile chevauchée d'*Éviradnus*.

Savinien les avait quittés. La comtesse Élisabeth se tourna un instant du côté où il avait disparu, soupira involontairement. Songeait-elle au contraste entre le passé formidable, que suggéraient ces fantômes guerriers, et le frêle héritier de Méréglise? Ils arrivèrent au fond du corridor, devant le large escalier à double rampe. Vitaline descendait ; la comtesse l'arrêta :

— Mon enfant, lui dit-elle, voici Mlle de Fleuriel à qui vous serez particulièrement attachée pendant son séjour ici. J'espère qu'elle sera contente de vous.

Un peu effarouchée d'abord, Vitaline leva sur Rose ses yeux d'un bleu de vitrail; presque aussitôt, le magnétisme qu'exerçait la jeune fille opéra. Un sourire timide fit rayonner l'ovale mystique de cette figure.

— Mais elle est charmante ! s'écria Mlle de Fleuriel.

Vitaline reçut le compliment en rougissant. Après quoi, la fille de la Bertrande s'esquiva, sur une révérence qui n'était pas trop rustique.

La comtesse Élisabeth sourit en remarquant l'étonnement de Rose.

— N'est-ce pas, dit-elle, on ne la prendrait jamais pour une domestique, cette petite Vitaline? C'est qu'aussi bien, ce n'en est pas tout à fait une. Elle est jolie, fine ; elle est même instruite : une imprudence de la baronne de Sénanges, qui n'a pas songé qu'elle la déclassait en faisant d'elle la compagne de sa fille, sous prétexte qu'elles étaient sœurs de lait. Encore, s'il suffisait de la doter un peu, ce serait réparable. Mais fille de la Bertrande, notre femme de charge, qui voulez-vous qu'elle épouse? Un rustre? il la rendrait malheureuse.

— Qui sait? répliqua M. de Chalus. Toute âme humaine a son double ici-bas : le tout est de le rencontrer.

Ils étaient arrivés sur le palier tout en causant. Une statue de femme s'y dressait, un beau travail de la Renaissance. Mlle de Fleuriel s'en approcha, l'examina. Elle poussa une exclamation de surprise :

— Mais c'est moi !

La statue lui ressemblait autant qu'un portrait, malgré la différence du costume : c'était la même élégance allongée et frêle, la même coupe du front et des yeux, le même sourire spiritualisé de langueur. La coiffure aussi était pareille : ces cheveux *crespés lentement*, dont parle Ronsard.

— Mais oui, c'est elle, s'était écrié aussi M. de Chalus. Votre château serait-il enchanté, ma chère amie?

— Non pas que je sache, répliqua-t-elle, à moins qu'il ne le soit depuis que votre exquise pupille y est entrée.

— Rose ressemble aux femmes de la Renaissance, observa-t-il. Que de fois nous l'avons constaté ensemble devant les Germain Pilon et les Jean Goujon, au Louvre !

— Et peut-on savoir, dit Rose, quelle était cette noble personne?

— C'était, répondit la comtesse Élisabeth, Diane-Éléonore de Méréglise, belle et vertueuse dame, qui guérissait les fiévreux de la contrée en imposant sur eux ses blanches mains. Elle a passé et fleuri en faisant le bien sur terre.

Et elle la regarda, lui appliquant l'allusion. N'était-ce pas elle qui devait guérir Savinien?

— Mais vous êtes las tous deux, reprit-elle, et nous sommes arrivés à vos chambres. Voici la vôtre, mon cher ami, et vous, mignonne, la vôtre est à côté. Je vous engage à dormir jusqu'au déjeuner. Je ne ferai sonner le premier coup de cloche qu'à midi.

Rose, une fois seule dans son nouveau domaine, alla immédiatement à la fenêtre qui ouvrait sur l'immense bassin de l'Allier, cultures, forêts et pacages, jusqu'aux collines en fuite à l'horizon. L'étendue verte braisillait, le soleil s'alourdissait : les yeux de la jeune fille se fermèrent. Elle se jeta tout habillée sur son lit, et tomba dans un assoupissement plein de rêves.

Elle était dans un château de miracle : sa propre image l'accueillait et lui souhaitait la bienvenue. Ensuite, au toucher de ses doigts sur son front, le châtelain sortait du sommeil et de la mort. Des acclamations et des chants retentissaient Elle distinguait même les paroles à travers la musique de son rêve :

... Mon cœur amoureux
N'a voulu que la Rose.

Elle s'éveilla, le chant persistait : elle n'avait pas tout rêvé.

Vitaline, sous sa fenêtre, achevait le couplet :

La Rose claire du printemps
Rend mes désirs contents.

La réalité ne brisait pas le fil du songe. Une douceur pleine de pressentiments noya le cœur de la jeune fille. Elle demeura accoudée à l'appui. La chanteuse venait de se taire.

Mlle de Fleuriel laissa vers elle tomber son nom :

— Vitaline !

Un peu confuse de s'être fait entendre, la fille de la Bertrande releva la tête.

— Chantez encore.

Elle obéit. Mlle de Fleuriel écoutait et s'oubliait dans un espoir indéfinissable. Longtemps, la fenêtre sévère encadra une apparition au sourire flottant sous des cheveux d'or.

Midi venait de sonner. Pierre Anfrey descendit et salua les nouveaux hôtes du château, qui se promenaient dans la cour d'honneur en attendant le second coup du déjeuner.

— J'ai vu votre père avant mon

départ, lui dit M. de Chalus : je l'ai trouvé aussi bien que possible. Et quelle sérénité, quelle force d'âme il conserve, malgré son état !

— Mon père est un stoïcien, un caractère de Plutarque.

— C'est vrai.

— D'ailleurs, les soins de Claire seraient presque capables de lui faire oublier son infirmité. Depuis que notre mère est morte, elle l'a vraiment remplacée auprès de lui.

— Votre sœur est admirable, déclara Mlle de Fleuriel.

— Je me le dis souvent. Songez qu'elle a renoncé à tout, à la vie de Paris, au monde, au mariage, pour le soigner, et que ce sacrifice ne lui pèse pas, semble-t-il. C'est elle, souvent, qui nous égaie.

— A propos, dit M. de Chalus, qu'est-ce donc que cette affaire dont votre père m'a parlé pour vous?

— Oh ! elle est faite si je veux, mais je crois bien que je ne voudrai pas.

— De quoi s'agirait-il?

— D'une étude d'avocat-défenseur à Saïgon, qui va se trouver sans titulaire. C'est cent mille francs assurés par an, peut-être plus, car nous ne serions que cinq dans tout le pays.

— Voilà qui est tentant.

— Oui, mais c'est bien loin ! Dans la situation où est mon père, l'abandonner pour si longtemps...

— Sans doute.

La cloche du déjeuner sonna pour la seconde fois ; ils rentrèrent ensemble au château. Mme de Méréglise et son fils les attendaient dans la salle à manger. Savinien pressa affectueusement les mains de Pierre, qu'il n'avait pas encore vu ce matin.

On prit place. Le couvert de Mlle de Fleuriel se trouvait tout naturellement à côté de celui de Savinien, assis en face de sa mère, qui avait M. de Chalus à sa droite et Pierre à sa gauche. La comtesse Élisabeth avait fait mettre devant la jeune fille deux ou trois roses, pas plus, afin de ne pas donner à la table un air de fête qui eût choqué Savinien. Elles étaient merveilleuses : c'était une variété nouvelle, créée par les jardiniers anglais, la *Marchionness of Londonderry*.

Savinien regardait Rose et les roses : il s'étonnait de n'être pas irrité dans sa tristesse par toute cette grâce fleurie. Le vitrail pleurait de la couleur et de la splendeur ; il caressait le blanc profil d'un triple baiser d'or, de flamme, d'émeraude. Le visage apparaissait d'une immatérielle pureté. Non, la morte ne pouvait pas être jalouse de cette figure d'ange-vierge.

Pour la première fois, Savinien eut alors le sentiment que Mlle de Fleuriel était une créature d'exception, à part des autres femmes, puisqu'il ne se révoltait pas contre son charme. Au commencement du repas, il avait fait quelque effort pour prendre part à la conversation. Maintenant, sa mère ravie le voyait s'animer peu à peu en parlant, raconter ou discuter longuement, au lieu de ne répondre qu'à peine, par effort de politesse, ainsi qu'il le faisait depuis des mois.

Pour produire cette espèce de résurrection intellectuelle et morale, il suffisait d'un mot, où Mlle de Fleuriel mettait le frémissement de sa voix, d'un regard où passait la lueur de son clair esprit.

Une fois encore, son influence opérait, éveillant autour d'elle les intelligences, suscitant les énergies, affirmant, par l'impression de vie noble et intense qu'elle communiquait, le devoir de vivre. Elle arrachait Savinien à sa torpeur, elle triomphait de son désespoir, tout en ménageant sa souffrance. Et lui qui repoussait les consolations maternelles, il se laissait charmer par cette consolatrice qui n'employait d'autres arguments que l'harmonie de sa grâce et de sa voix. La comtesse Élisabeth le vit. Elle s'en réjouit sans jalouser celle qui opérait le miracle.

Le déjeuner s'achevait, Mme de Méréglise prit le bras de M. de Chalus, et Rose celui de Savinien. On passa sur la terrasse et, d'instinct, tous se dirigèrent vers le parapet, s'y accoudèrent pour regarder la vallée : Mme de Méréglise se trouvait à côté d'Anfrey. Elle lui montra la jeune fille qui s'entretenait avec Savinien, dont le visage s'était tout à fait détendu et semblait maintenant paisible.

— Regardez, dit-elle. Voici la première fois que mon pauvre fils paraît s'intéresser à quelque chose de la vie ; c'est la première fois aujourd'hui que je le vois « causer » véritablement avec quelqu'un. Ah ! grand Dieu, je n'en suis pas jalouse !

Elle soupira.

— Si seulement il l'avait rencontrée plus tôt ! Celle-là, Dieu lui aurait peut-être fait la grâce de ne pas mourir.

Elle ajouta d'une voix basse, douloureuse, où il y avait comme une allusion, un reproche — à qui?

— Et je suis sûre qu'elle aurait su l'aimer. N'est-ce pas, monsieur Anfrey?

Elle le regarda : il se troublait. Pourquoi disait-elle que Rose aurait su aimer Savinien? Prétendait-elle que Françoise l'avait méconnu? Pourquoi aussi était-ce à lui qu'elle le disait? Qu'insinuait-elle?

Déjà, quand il avait accompagné Savinien et sa mère à Méréglise, après la mort de Françoise, il avait subi avec gêne l'insistance de ses longs regards qui s'appuyaient sur lui tantôt comme une interrogation, tantôt comme un reproche, aggravant celui qu'il sentait lui-même sourdre au fond de sa conscience. Que supposait-elle? Que soupçonnait-elle? Il l'ignorait. Ses propres paroles prouvaient qu'elle était jalouse du passé pour son fils, et c'était sans doute sur lui, Anfrey, que se portait cette jalousie. Mais avait-elle des preuves, ou plutôt n'en cherchait-elle pas encore, dans son trouble à lui, dans sa rougeur quand elle lui parlait ainsi de la morte? Il craignait de lui en fournir, et il s'imposait de cruels efforts afin de rester impassible en apparence.

Cette contrainte n'échappait point à Mme de Méréglise ; elle lui était une raison toute-puissante de le croire coupable, et Françoise avec lui.

Ce mystérieux péché de la morte, elle avait besoin d'en être sûre pour la mieux haïr et la mieux combattre.

C'est pourquoi aujourd'hui, elle avait pris Anfrey à part. Elle lui mit la main sur le bras ; d'un ton plus bas encore, comme si elle avait craint, non pas d'être entendue de Savinien, qui était loin d'elle, mais de réveiller quelque chose de terrible au fond de l'ombre, elle ajouta :

— Voyons, monsieur Anfrey, répondez-moi. Vous avez pour Savinien, je le sais, la même amitié que celle qu'il a pour vous : vous êtes deux frères d'élection. Eh bien, franchement, ne vous semble-t-il pas que mon fils n'a pas reçu de cette pauvre Françoise, dans le passé, l'affection qui justifierait l'héroïsme de sa fidélité? Je suis peut-être trop sévère ; pourtant, il me semble que de son vivant elle ne l'a pas aimé assez pour avoir le droit de le désespérer ainsi par sa mort.

— Madame, répliqua-t-il la voix altérée, je ne garde de la comtesse Françoise de Méréglise qu'un souvenir tristement et infiniment respectueux. Excusez-moi de ne rien vous dire.

Son émotion avouait : Mme de Méréglise n'insista pas.

Elle le regarda d'une façon plus expressive et plus aiguë encore :

— C'est vrai, dit-elle, vous étiez leur ami à tous deux ; vous ne pouvez pas répondre autrement.

Et elle le quitta. Cette fois, l'attaque était précise. Il la sentit : mais il lui était impossible de comprendre. Il ignorait qu'elle l'avait entendu nommer par Françoise dans son délire, et qu'elle l'avait vu agenouillé à son chevet dans la chambre de mort.

Il fut certain, pourtant, qu'*elle devait savoir*.

Savinien disait à Mlle de Fleuriel, en lui montrant un point dans l'étendue de verdure :

— Vous voyez là-bas, tout à l'horizon, ce coude que fait l'Allier? Près d'un pont que vous ne pouvez apercevoir, aboutit un souterrain du château, par lequel nos troupes débouchaient dans la plaine. C'est par là aussi qu'un de nos ancêtres assiégé, vaincu, toute la garnison massacrée, s'est enfui avec sa jeune femme, que le seigneur de Châteldon voulait lui prendre. On ne sait où ils sont allés ensuite : ils ont disparu ensemble.

— Oui, fit-elle songeuse, tant d'amours, tant de guerre, et plus rien maintenant que la paix magnifique de ce paysage. L'âme se perd, elle s'abîme dans le temps qui n'est plus, comme dans une mer.

Et elle songea à la joie de fuir, de disparaître avec l'élu, comme la dame de jadis, avec son seigneur.

Ils se détachèrent de leur contemplation, revinrent vers les autres. M. de Chalus, qui s'était un peu assoupi, venait de se réveiller. Il passa sur la terrasse une brise infiniment douce ; les orangers et les lauriers-roses frémirent, et l'envers de leurs feuilles agitées mit dans n l'airn frisson pâle comme pour accuser la volupté de l'heure.

Cependant, la comtesse Élisabeth s'était rapprochée de Mlle de Fleuriel et, lui caressant les mains, elle lui murmura :

— Merci !

Elle n'ajouta rien, la jeune fille comprenait : elle lui rendit un de ces sourires qui l'éclairaient toute.

Ainsi, elles se félicitèrent, mieux que si elles eussent dit : « Nous le sauverons. »

Pendant leur effusion muette, Pierre se retira. Il avait hâte d'être seul : tout à l'heure, en la présence de Mme de Méréglise, soumis à l'inquisition de ce regard qui lui fouillait l'âme jusqu'à la profondeur où dormait son secret, il avait cru étouffer. Oui, la comtesse Élisabeth *savait*, c'était sûr. Mais pourquoi le regardait-elle ainsi? Était-ce seulement pour le torturer? N'était-ce pas pour lui commander quelque chose? il y avait une nuance impérieuse dans la fixité de ce regard.

Que pouvait-elle vouloir de lui?

VI

Savinien lisait et travaillait dans sa bibliothèque : c'était le premier bienfait du charme de Rose que de l'avoir rendu de nouveau capable d'un effort intellectuel. Sa douleur s'était assagie. Il avait repris goût à ces études sociales qui passionnaient autrefois son esprit, où les tendances chevaleresques héréditaires revivaient sous la forme d'une philanthropie mystique. C'était d'ailleurs une sorte de domaine réservé, en dehors du passé conjugal, auquel le souvenir de Françoise demeurait étranger totalement. Jamais il n'avait parlé à la jeune femme de ces préoccupations humanitaires, devinant, sans se l'avouer, qu'elle ne s'y intéresserait pas.

Ce matin, il avait entrepris l'examen d'un important ouvrage de philosophie anglaise.

La porte s'ouvrit tout à coup et, d'une vive glissade, une forme légère s'avança au milieu de la pièce : c'était Rose dans sa fraîcheur de rose pâle au matin.

— Oh ! fit-elle, je ne vous savais pas là. Je vous dérange !

— Pas du tout ! Mais je vous admire : levée et habillée à cette heure !

— Je dors si peu et il fait si beau ! N'est-ce pas, c'est délicieux, cette époque de l'année où la nuit disparaît en quelque sorte, mangée par le soleil du matin et du soir? On vit double. Je me suis déjà promenée au jardin, j'ai causé avec Vitaline et avec sa chèvre. Je trouve qu'elles se ressemblent : elles ont la même grâce sauvage. La chèvre est demeurée réfractaire à toutes mes avances. Mais Vitaline, je suis en train de l'apprivoiser.

Elle rit, et Savinien aima son rire, qu'il entendait pour la première fois. Il n'avait rien de cette sonorité aiguë qui rend insupportables aux gens nerveux les éclats, souvent factices, de la gaieté féminine. Il s'épanouissait en belles ondes comme un chant cadencé ; il y avait encore de la bonté jusqu'en ce rire, qui semblait vibrer pour la joie des autres comme la musique du rossignol et les trilles lumineux du soleil.

— Mais vous travaillez? reprit-elle.

— Je lisais. Un auteur grave.

— Voyons.

Elle prit le livre.

— Je connais cela, dit-elle simplement. M. de Chalus m'en a parlé. Quand vous l'aurez fini, je vous demanderai de me prêter ce volume.

— La philosophie sociale vous intéresse, mademoiselle.

— Tout m'intéresse. Si je vous disais que l'algèbre ne me fait pas peur... Mais oui, les équations du second degré... Autrefois, surtout, j'étais très forte... Oh ! il ne faut pas me prendre pour une savante : je suis curieuse simplement. Figurez-vous que pendant toute mon enfance, comme j'étais maladive, on m'a laissée dans la plus splendide ignorance. J'ai appris à lire à l'âge où les autres faisaient des devoirs de « style ». Depuis, je me suis rattrapée. Histoire, philosophie, mathématiques, poésie, tout m'est bon...

De nouveau elle rit. Savinien regardait le frêle visage, les frêles mains, la chevelure de soleil, le teint d'aube naissante ; jamais la grâce féminine ne lui était apparue aussi légère que dans l'exquise créature qui portait ce fardeau de science comme une fleur. Ainsi devait sourire, Muse et Charite à la fois, une Hypatie.

— J'ai horreur, ajouta-t-elle, des gens à spécialités ; ils se donnent une infirmité de l'esprit ; à quoi bon mutiler son intelligence? J'aime qu'on recherche la vérité tout entière, qu'on soit en plein dans la vie, dans l'action. Tenez, il y a des époques qui me passionnent à cause de cela : la Révolution me hante. Comme on a vécu alors ! comme on a pensé ! Bien ou mal, peu importe. J'aurais voulu en être. Être Mme Roland !... Être Charlotte Corday !... Vous me direz qu'il y avait l'échafaud? Ma foi, tant pis !...

Elle mit un peu d'exaltation dans ces derniers mots. Savinien la regarda. Une flamme héroïque éclairait ses yeux fiers, ouverts tout grands sous les hauts sourcils ; les lèvres, un peu minces, vibraient superbement, le teint s'irradiait, comme l'albâtre que chauffe une lampe intérieure, et même les cheveux blonds frémirent, électrisés. Mlle de Fleuriel eut à ce moment la physionomie de la petite-fille de Corneille, dont elle parlait.

— Ce que je demande surtout aux livres, reprit-elle, c'est qu'ils m'apprennent le vrai sens de la vie. Mais là-dessus, ils m'ont tous déçue, ou à peu près. J'ai passé des nuits à lire Tolstoï sans être plus avancée. Sa morale de restriction, de résignation passive, me révolte. Je préfère Nietzche. C'est un énergique, celui-là.

— Et les poètes, la musique?

— Je sais des milliers de vers, depuis Ronsard jusqu'à Verlaine. Je ne fais guère de musique : pourtant c'est peut-être l'art qui m'a donné les plus belles heures d'oubli. En peinture, je pratique un peu, mais c'est surtout le dessin qui m'attire, ou plutôt le modelage. J'ai chez moi une collection de figurines en terre glaise, que je vous montrerai un jour... Qu'est-ce que vous voulez? il faut bien occuper la vie. On a le temps de se reposer après, quand tout est fini.

C'était le mot du grand Arnauld sur ces lèvres d'églantine pâlie. Savinien la regardait, l'écoutait et, à mesure qu'elle parlait, il se rendait mieux compte du miracle qu'avait accompli la nature en faisant tenir dix âmes sous cette fragile enveloppe. Rose lui apparut comme un prodige charmant, résurrection de l'universelle Psyché qui lève, curieuse, sa lampe au seuil de la science et de la vie. Tant d'énergie et tant de faiblesse ! Tant de puissance et tant de grâce ! C'était incompréhensible. Il regarda avec une admiration, déjà tendre à son insu, la petite main qui, après avoir tracé les signes barbares des algébristes, feuilleté les pages des philosophes et des poètes, pétri la terre docile pour en extraire des formes de beauté, savait encore disposer avec cette souple élégance la chevelure qui bombait mollement sur le front droit.

— Je dois beaucoup à mon tuteur, poursuivit-elle. Vous ne pouvez imaginer ce qu'est M. de Chalus. Son esprit sait tout, son cœur ressent tout. Il m'a ouvert les avenues du savoir avec autant de simplicité que s'il m'avait fait entrer dans son parc. C'est pour lui un domaine familier où il se promène. Je suis bien heureuse de l'avoir pour maître, bien fière qu'il m'appelle son disciple. Ce nom de maître, je voudrais le lui donner, mais il ne s'y prête pas ; il permet seulement que je lui dise : mon ami. Je prononce ce mot-là comme celui de père.

L'enthousiasme de l'élève pour celui qui s'était fait l'initiateur et l'éducateur de son âme vint mettre sur le noble visage une beauté de plus. Savinien songea que l'harmonie était magnifique de ce génie vieillissant et de cette idéale créature qui s'étayaient d'une tendresse réciproque : il l'éclairait du rayonnement de sa sagesse, elle le réjouissait de sa jeunesse pure. Le cèdre, dit un beau vers, ne sent pas une rose à sa base. Ici, la paix du cèdre dans le soir lui venait de la rose.

Une émotion religieuse avait pénétré Savinien, en écoutant Mlle de Fleuriel, et, sans le vouloir, il parla sa pensée.

— Ah ! dit-il, vous êtes admirable, je ne vous connaissais pas.

L'hommage venait du plus intime de son cœur, la jeune fille se livra sans résistance à la joie qu'elle en ressentait. Elle se sentait comprise par Savinien, il l'admirait, il le lui disait.

Ce fut à cet instant, sans doute, bien qu'aucun des deux ne s'en rendît compte, que la première pensée d'amour naquit dans leur récente amitié. Ils ne pouvaient la soupçonner encore, puisqu'ils eussent refusé d'admettre même la possibilité de cet amour, mais ils éprouvèrent ensemble une suavité qui les étonna.

Une forme en deuil passa sous les fenêtres : c'était la Bertrande ; par une sorte de magnétisme, elle tourna la tête, devinant que Savinien n'était pas seul. Elle aperçut Mlle de Fleuriel : ses traits demeurèrent impassibles ; seulement elle hâta l'allure comme pour fuir. M. de Méréglise avait légèrement tressailli. Aussitôt il se reprocha son trouble. Qui donc oserait croire qu'il pouvait oublier Françoise? Non, Rose n'apportait pas avec elle l'oubli profane, mais la consolation. Elle venait pour lui enseigner à souffrir désormais avec douceur.

— Savez vous, dit-il en continuant sa pensée, pourquoi surtout vous êtes admirable? C'est par l'extraordinaire sympathie qui rayonne de vous. Vous êtes naturellement au ton de toutes les douleurs, de toutes les peines : les plus irritables, au lieu de se rétracter à votre approche, de se replier sur elles-mêmes, s'épanouissent en confiance à votre voisinage, et bientôt ce sont elles qui viennent à vous, spontanément. Ainsi, l'idée seule d'une autre femme mêlée à mon deuil comme vous l'êtes me révolterait. Vous, je suis content que vous soyez là, je vous remercie d'être là.

Ils se serrèrent la main et se turent un instant.

— Mademoiselle de Fleuriel, reprit Savinien, la voix émue, je désire ardemment que vous soyez heureuse.

Le clair sourire devint un peu douloureux :

— C'est bien compliqué le bonheur !

— Je vous le souhaite en conformité avec vos propres souhaits. Je me demande, depuis que je vous connais mieux, qui pourrait bien être digne de vous. Il m'a semblé que Bernard de Chantoceaux vous faisait une cour discrète...

— Lui? s'écria-t-elle avec vivacité. Jamais, par exemple. Il est bien trop Parisien pour moi : il aime tout ce qui m'ennuie : les courses, les mondanités, — s'il aime quelque chose toutefois. Moi, je déteste cette façon d'user sa vie pour les autres sans avoir jamais le temps d'être soi... M. de Chantoceaux !... Comment avez-vous pu croire?

Et Savinien fut heureux de l'énergie avec laquelle elle se défendait. Pourquoi? Il n'aurait su le dire. Mais l'idée qu'elle aurait pu avoir une affection banale lui eût été pénible.

Une ombre s'encadra dans la fenêtre. La Bertrande repassait.

VII

Pendant le déjeuner, quelques questions de Mlle de Fleuriel amenèrent Savinien à parler du personnage assez étrange qui accaparait en ce moment la curiosité des habitants de Méréglise.

— Figurez-vous, mademoiselle, dit-il, que nous possédons ici actuellement un sorcier.

— Vraiment?

— Oui, ou, si vous aimez mieux, un *sourcier*, car les deux mots et les deux choses se ressemblent. C'est un homme qui prétend voir l'eau sous terre. Comme par hasard, il a découvert des sources du côté de Ballore, là où je les cherchais avec mes ingénieurs, il y a deux ans. Ce *sourcier*, — Juste, je ne sais que son prénom — a entendu parler de mes recherches dans le pays, et c'est ainsi, sans doute, qu'il a eu connaissance de cette fameuse nappe d'eau souterraine.

— Sûrement, approuva Anfrey.

— J'aimerais à le connaître, dit M. de Chalus. Quel homme est-ce?

— Un fils de paysans cévenols, qui a étudié pour être prêtre, comme on dit. Il n'avait pas la vocation ecclésiastique, ou bien celle du sourcier était chez lui irrésistible. Bref, il a quitté le séminaire avant de prendre les ordres. Ce n'est pas un renégat, d'ailleurs ; ce serait plutôt un illuminé. Il parle bien, avec une sobriété d'expression assez rare chez les voyants; il n'a pas oublié son latin : il m'a montré un petit Virgile qu'il porte toujours avec lui dans la poche de sa vareuse. Il est rasé comme un prêtre, ce qui sied à la beauté régulière de son visage, car il est beau. Sa mise se rapproche de celle des paysans, avec une propreté ecclésiastique. Il a toujours un chapeau à larges bords. Ajoutez qu'il est blond, qu'il a la peau blanche des gens d'Auvergne, des yeux d'un bleu naïf — les yeux de Vitaline — et la voix douce. D'ailleurs, vous allez le voir un de ces jours.

— Ah ! fit Rose, intéressée.

— Il m'a demandé une audience : je le recevrai devant vous. Cela ne vous ennuiera pas?

— Au contraire. Je suis très curieuse de voir ce sourcier-sorcier. Et vous, mon ami? ajouta-t-elle, en s'adressant à M. de Chalus.

— Moi aussi, répondit le vieillard.

— Quoi ! s'écria Anfrey, vous n'allez pas nous dire que vous avez confiance dans la baguette de coudrier, monsieur de Chalus?

— Dans la baguette, non ; dans le bras qui la tient, peut-être. Mortillet et Biot admettaient que des individus très nerveux ressentent un certain ébranlement en face d'un courant d'eau. Leur bras frémit, le frémissement se communique à la baguette.

— Et cite-t-on des exemples de personnes qui aient vraiment vu les eaux sous terre?

— Il y en a deux au moins, qui sont à peu près indiscutables. Pour Jean-Jacques Parangue, le pâtre de Séon, la terre devenait transparente quand il l'avait contemplée avec fixité en se promenant le chapeau sur les yeux. Hanné Naïn, la voyante de Syrie, notre contemporaine, regarde le soleil à travers un voile noir, puis elle abaisse ses yeux vers la terre : alors elle voit à travers le sol, comme à travers un cristal, palpiter la vie des fontaines et des fleuves. Tous les chercheurs de sources regardent le soleil.

— Pourquoi? demanda Savinien.

— Parce qu'il est, disent les occultistes, le plus puissant foyer du fluide qui leur donne un surcroît de faculté visuelle.

— Alors, dit Anfrey un peu dédaigneusement, tout cela c'est affaire de magnétisme et de médiums?

— Précisément.

La sonnette de la grille tinta.

— Ce doit être notre chercheur de sources, dit Savinien.

C'était lui. Quand la domestique eut refermé la porte, un homme d'aspect très jeune encore s'avança vers le groupe, vêtu de cette façon à la fois rustique et soignée que Savinien avait décrite. Il était grand, la vigueur de sa carrure n'était pas sans élégance ; il se présentait avec une timidité exempte de gaucherie. Des cheveux blonds, clairs, très abondants, qui achevaient de lui donner une expression pastorale et sacerdotale, s'échappaient de son large chapeau ; quand il fut à quelques pas, il le retira. On vit alors que Savinien n'avait pas exagéré la beauté primitive de ses traits. Elle avait cette régularité parfaite qui est l'apanage du peuple, chez qui nul excès de pensée ou d'émotion n'altère la physionomie. Mais la limpidité d'un regard religieux, la pâleur éburnéenne du front et des joues, l'expression de la bouche, austère et douce, comme celle d'un prêtre, habituée aux pieux silences et aux paroles rituelles, la transfiguraient et la faisaient véritablement rayonner.

En voyant que M. de Méréglise n'était pas seul, il fit un mouvement de retraite.

— Restez donc, monsieur Juste, dit Savinien en lui montrant un siège.

— C'est trop de bonté à vous, monsieur le comte, répondit le chercheur de sources qui se tint debout.

La voix était agréable, modulée comme les harmonies naturelles des solitudes champêtres où cet homme vivait, mais elle avait l'ample volume de celles qui sont faites pour emplir les temples : jusque dans cette parole cadencée et vibrante, le voyant se révélait avec son double caractère de pasteur et de prêtre.

— Nous savons que vous êtes un mage très instruit, dit M. de Chalus en souriant. Vous avait fait, paraît-il, toutes vos études au séminaire.

Juste vit commencer l'interrogatoire et ne s'y déroba point : il en avait l'habitude.

— En effet, monsieur, répondit-il : j'ai suivi les classes, sauf celle de philosophie : c'est alors que j'ai quitté le séminaire.

Et, prévenant une question qu'il devinait toute prête :

— Je l'ai quitté en bons termes avec tous mes maîtres, qui étaient excellents pour moi. Si je suis parti, c'est que je n'étais pas sûr de la volonté de Dieu sur moi, et que je me sentais l'âme trop indépendante pour rester dans l'Église.

— Et que disent-ils de vous, vos anciens professeurs?

— La plupart m'ont compris. Ils savent que je tâche de faire le bien dans mon état actuel et que je n'en rapporte point la gloire à moi-même, mais à Dieu. J'ai la vue un peu plus subtile que les autres : c'est un pur don que je tiens de sa grâce, et qu'il peut toujours me retirer. Mais j'espère qu'il me le gardera.

— Pourquoi cela?

— Parce que je l'aime dans la nature et la nature en lui, répondit le chercheur de sources avec simplicité.

— Une question encore. Croyez-vous être en état de somnambulisme quand vous voyez l'eau sous terre?

— Non. Le somnambulisme est un état maladif : je ne suis pas malade. Je suis un clairvoyant, parce que Dieu m'a fait tel.

— Pourquoi regardez-vous le soleil ?

— Tous les voyants font ainsi. Le soleil est l'image de Dieu, en qui nous voyons tout.

— Savez-vous que vous parlez exactement comme Platon et saint Augustin?

— La vérité ne change pas.

L'homme se tourna vers Savinien.

— Je vous demande pardon, monsieur le comte. J'étais venu vous entretenir de l'affaire qui m'a conduit à Méréglise.

— Les sources de Ballore?... répondit Savinien. Je vous avoue que je n'ai guère confiance. On a fait tant d'essais déjà avant celui que vous voulez tenter !

— On les a mal faits, monsieur le comte. Le point indiqué par vos ingénieurs n'est pas le véritable. Ils n'ont pas tenu compte de la nature des roches ; là où ils ont cherché, elles sont trop poreuses : l'eau filtre au travers. C'est plus loin qu'il faut creuser.

Ses regards, son geste, tout son corps qui se pencha, comme attiré par le mystère terrestre, exprimèrent une émotion sacrée.

— Je sais l'endroit. En y passant j'ai senti ma chair frémir. La puissance des eaux s'y tient cachée. Les eaux sont captives.

Il éleva la voix avec force et répéta :

— Les eaux sont captives. Il faut les délivrer.

— Eh bien ! dit Savinien avec un léger sourire, nous les délivrerons — un autre jour.

— Moi, déclara Mlle de Fleuriel, qui n'avait pas parlé encore, je vous assure, monsieur de Méréglise, que vous vous devez à vous-même de ne pas négliger cette indication. Promettez-moi que vous vérifierez la prophétie.

— Oh ! oh ! répliqua Savinien, souriant de nouveau, voici pour la cause des sourciers une recrue qui est d'importance. Eh bien ! je ne vous dirai pas non, mademoiselle. Monsieur Juste, nous en reparlerons sérieusement bientôt.

Le chercheur de sources salua avec respect et se retira. Quand il eut fait quelques pas, il croisa Vitaline qui traversait la cour : leurs yeux se rencontrèrent, leurs regards se pénétrèrent longuement, sans effronterie, sans souci des autres regards. La jeune paysanne s'était arrêtée ; l'homme continuait son chemin vers la grille, le visage tourné de son côté, en marchant. Vitaline sembla prête à le suivre : elle se penchait en avant, attirée. Elle subissait sans résistance la fascination de ces yeux qui perçaient la terre et, comme l'eau sous le sol, son âme apparut au chercheur de sources, son âme qu'une seule seconde venait d'enamourer pour toujours.

Le voyant des sources était aussi e voyant des cœurs.

Comme on achevait le café, Savinien se tourna vers Rose :

— Puisque vous avez entendu parler du *Village mort*, comme on appelle Ballore dans la contrée, nous irons e visiter, proposa le jeune homme à Mlle de Fleuriel.

— Très volontiers.

Pierre Anfrey obtint la permission de s'isoler dans son travail, et M. de Chalus se déclarait un peu fatigué. Rose et Savinien montèrent en voiture avec Mme de Méréglise.

Or, peu à peu, l'admiration de Savinien pour Rose se changeait, grâce à l'abandon des promenades et des causeries, en un sentiment nouveau, plus intime. Il ne s'en défiait pas, il respectait trop Mlle de Fleuriel, croyait-il, pour l'aimer jamais : il oubliait que l'amour véritable n'est qu'un respect éperdu. Quant à elle, sa vie s'était transfigurée ; plus clairvoyante que lui, puisqu'elle était femme, elle savait bien qu'elle aimait, qu'elle était aimée silencieusement mais sûrement. Cela satisfaisait la pureté de son désir : elle rêvait l'avenir comme la continuation indéfinie de ce présent, sans rien d'autre.

Tous les soirs, après qu'il s'était couché, Savinien évoquait longuement, par une habitude pieuse et régulière comme celle de la prière quotidienne, l'image de Françoise. Elle se manifestait à lui, d'ordinaire, avec la netteté d'une apparition ; elle remplissait les derniers instants de lucidité et de conscience avant le sommeil, qui ne la chassait pas toujours, mais, au contraire, prêtait à sa suggestion et s'imprégnait encore de sa mémoire.

Aujourd'hui, la vision était indistincte. L'exaltation était tombée, qui seule permettait à Savinien de revoir, dans une sorte d'hypnose, la morte vivante aussi réelle qu'il l'avait vue jadis. Jusqu'alors il avait subi sa tyrannie, et voici qu'à présent c'était lui qui devait provoquer le retour du cher fantôme. Il fit de violents efforts pour créer l'image entre ses paupières closes : il finit par y parvenir. Un instant elle flotta dans leurs ténèbres rougeâtres. Mais, peu à peu, elle se dissolvait, fondait en quelque sorte, pour se reformer différente. Les cheveux châtains frappés de reflets de cuivre se muèrent en or frémissant, l'ovale du visage s'allongea ; le profil se recourba, plus mince, comme un pétale de lys enflammé de lumière, un sourire douloureux fit vibrer les lèvres. La nouvelle apparition se penchait vers Savinien avec une puissance d'attraction irrésistible, et sa voix grave disait ces vers, qui sonnait mystérieux comme une plainte de fée :

Je suis la colombe
Qu'on blesse et qui tombe.

Françoise de Sénanges était devenue Rose de Fleuriel.

Avant d'avoir pu secouer le charme, Savinien s'était endormi.

Ce n'était déjà plus Françoise qu'il aimait.

Mlle de Fleuriel vint à sa fenêtre. Ce soir, la terre était un paradis. Des feuillages l'humidité s'essorait ; quelques gouttelettes encore perlaient aux lierres et aux clématites ; elle les écrasait entre ses doigts. L'odeur de la terre lavée montait jusqu'à elle ; le parfum des tilleuls descendait. Le clair de lune faisait miroiter les feuilles auxquelles la pluie avait donné un glacis ; il stagnait sur les pelouses, sur les corbeilles de fleurs, et défaillait dans la rivière pâlie, au lointain. Le ciel était d'un gris de perle où la blancheur des étoiles, toutes petites, se remarquait à peine. La grande plaine, verte comme en plein jour, où l'ombre mettait seulement quelques grisailles, ne dormait pas ; le silence s'interrompait de minute en minute : il sortait tout à coup de ce monde, mort en apparence comme le cadavre d'une planète, une rumeur inexpliquée, pareille à un large soupir. Par des nuits comme celle-là, qui donc pourrait nier l'âme de la nature?

Mlle de Fleuriel songeait. Jamais elle n'avait eu avec aucun homme une conversation comme celle où, l'autre jour, elle avait livré son âme à Savinien. Cela l'engageait, orientait vers un objet nouveau sa destinée. Elle n'en était pas effrayée : au contraire ! Elle regarda le ciel, une chute enflammée le sillonna : il lui parut que l'étoile descendait jusqu'en son cœur, où quelque chose de doux et d'indistinct — de tout-puissant — venait de naître. Et sans même s'en rendre compte, elle prononça un mot :

— L'amour !

Les taillis tressaillirent en écho. Rose regarda mieux : on avait bougé dans le parc. A cette heure paradisiaque, le crime perdait ses droits : ce ne pouvaient être des malfaiteurs. Deux formes cachées derrière un massif se démasquèrent : la jeune fille reconnut Vitaline et le chercheur de sources. Un rayon de lune, qui semblait tourner sur le gazon comme un feu de phare, lui montra leurs têtes rapprochées. Le jeune homme effleura de ses lèvres les cheveux de la belle paysanne, et s'en tint à cette seule caresse, comme si son visage lui était sacré. Il faisait très doux, très pur.

Silencieusement, Mlle de Fleuriel referma sa fenêtre sur le mystère de la nuit.

VIII

Rose se coiffait. Elle avait disposé en ondes, de chaque côté de la tête, la souplesse des cheveux : une raie à gauche les divisait et sur le front, en partie caché, retombait une masse dorée qui rendait la blancheur de l'épiderme plus suave encore. Cette vague douce frémissait, vivait pour ainsi dire, et se soulevait, comme si elle eût obéi à un caprice personnel ; les fils blonds étaient d'un or si délicat qu'on aurait cru pouvoir les dénombrer, malgré l'exubérance de cette claire richesse, presque trop lourde. Elle planta dans ses cheveux un peigne de corail qui semblait de l'ivoire rouge.

Ayant fini de se coiffer, Mlle de Fleuriel s'habillait, aidée de Vitaline. Celle-ci s'acquittait de sa tâche avec une adresse qui eût étonné chez cette paysanne, si l'on n'avait su quelle éducation, presque élégante, l'avait affinée.

— Dites donc, Vitaline?

— Mademoiselle?

Les yeux d'un bleu de vitrail se posèrent sur Rose, timidement interrogateurs.

— Je vous ai vue cette nuit.

Mlle de Fleuriel s'amusait à prendre un ton sérieux.

La pauvre fille se troubla tout à fait, rougit comme une aurore de novembre, bégaya quelques mots et finalement pleura.

— Oh ! mademoiselle, s'écria-t-elle, ne me dénoncez pas ! Mme la comtesse est si sévère, et la Bertrande encore plus !

Comme tout le monde, elle nommait ainsi sa mère d'après le vieil usage campagnard.

— Mais non, ma mignonne, je ne dirai rien, soyez-en sûre. Seulement, il faut être franche avec moi. Depuis quand connaissez-vous M. Juste?

— Depuis hier, mademoiselle. Je l'avais vu dans le pays bien des fois, mais il ne m'avait jamais parlé. Hier, il m'a regardée, et on ne résiste pas à ce regard : ce n'est pas le regard des autres. Songez, mademoiselle, ses yeux sont bénis, ils sont tout-puissants : ils percent la terre, ils voient les eaux que personne ne voit. Que voulez-vous qu'on devienne quand ces yeux-là vous regardent? Alors, lui qui voit tout, il a vu que je l'aimais et il est venu.

— Vraiment?

— Je ne pouvais pas dormir, je ne pensais qu'à lui. A un moment, j'ai eu la certitude qu'il était sous ma fenêtre. J'ai ouvert la croisée : c'était vrai. Il était là, à moitié caché derrière un arbre, le visage tourné vers ma chambre. Son regard était allé m'y chercher et m'attirait à lui. Je suis descendue.

Elle parlait maintenant avec l'assurance que donne un amour nouveau.

— Puisque vous nous avez vus, mademoiselle, vous savez qu'il m'a seulement baisé les cheveux.

— Il vous a parlé : que vous a-t-il dit?

— D'abord qu'il m'aimait, et puis qu'il avait senti mon âme et ma destinée pareilles aux siennes. Et cela, c'est vrai. Je suis pauvre comme lui, je songe comme lui, à des choses qui dépassent ma condition : nous nous comprenons. Mais lui, il est un homme, il a des dons miraculeux, il est un maître. J'ai juré qu'il serait le mien.

— Quel âge avez-vous, Vitaline?

— Vingt-trois ans, mademoiselle.

— Eh bien, laissez-moi faire et, si j'ai la certitude qu'il est honnête, je vous promets que vous l'épouserez. J'en parlerai à Mme de Méréglise.

— Oh ! merci, mademoiselle. Mais, je vous en prie, veuillez faire en sorte que la Bertrande ne sache pas... Elle est inflexible... Elle, vous savez, elle n'a jamais aimé que Mme la comtesse Françoise, parce qu'elle l'a élevée : elle l'aimait bien plus que moi. Elle ne comprendra pas que, moi, j'aie une affection ; elle n'admet pas qu'on en ait pour une autre personne que pour Mme la comtesse Françoise, qui est morte.

— Ah ! fit involontairement Mlle de Fleuriel. C'est donc cela?...

— S'il vous plaît, mademoiselle?

— Rien. Au fait, tenez : j'ai pleine confiance en vous, Vitaline. N'avez-vous pas remarqué que votre mère m'était hostile?

— Elle ne se permettrait pas... Cependant, il y a bien quelque chose. Voulez-vous m'autoriser à vous dire ce que je pense, mademoiselle?

— Mais certainement.

— La Bertrande est jalouse pour Mme la comtesse Françoise, comme si elle était encore vivante. Elle voit que vous êtes très jolie, et que M. le comte Savinien a du plaisir à causer avec vous, lui qui, depuis des mois et des mois, ne causait qu'avec elle et toujours des souvenirs de Mme Françoise. Elle a peur qu'il n'oublie la morte pour vous.

Rose se taisait. Cela était donc évident, pour la Bertrande et pour Vitaline, que Savinien allait bientôt l'aimer? Peut-être, en effet, l'aimait-il déjà, mais il n'en voulait pas convenir avec lui-même.

Et elle, Rose, l'aimait-elle?

— Je vous remercie de ces éclaircissements, dit-elle à la jeune paysanne, et je vous assure que je plaiderai votre cause. Mais soyez prudente, ma petite Vitaline :

n'acceptez plus de rendez-vous, même innocents. Ici, dans ce parc, ce serait manquer de respect à Mme de Méréglise, et puis, croyez-moi, pour vous-même, ce ne serait pas bien. Vous me promettez d'être sage?

Une lutte se livrait dans l'âme de l'amoureuse. Renoncer à la douceur des rendez-vous, c'était cruel, mais irriter par un refus sa protectrice, compromettre l'avenir de son amour, c'était impossible. Une larme jaillit des yeux bleus, de ce bleu violet des vitraux, et Vitaline répondit :

— Je vous le promets, mademoiselle.

Mlle de Fleuriel descendit au jardin pour respirer la fraîcheur ensoleillée. Partant de derrière un massif, des éclats de voix joyeux lui arrivèrent. Savinien discutait avec M. de Chalus et Pierre : il exposait ses théories sociales ; Anfrey le combattait en le traitant de révolutionnaire, et il lui répondait en l'appelant bourgeois. Il venait de rire légèrement : il était guéri.

Mlle de Fleuriel en éprouva un grand orgueil tendre qui lui noya le cœur.

L'amour, du reste, emplissait de son ensorcellement ce château, où Vitaline aussi embellissait d'une beauté plus touchante, alanguie par l'attente et l'espoir. Mlle de Fleuriel n'oubliait pas sa protégée. Avant de parler à Mme de Méréglise, elle avait prié son tuteur de mener discrètement l'enquête sur le chercheur de sources, auprès de ses anciens maîtres et des principaux habitants de son pays. Les renseignements arrivaient favorables, les plus sévères se bornant à qualifier Juste d'illuminé et de rêveur, mais laissant sa probité intacte. Rose souriait déjà à l'avenir heureux de cette tendresse éclose à côté d'elle, et qui semblait être un reflet de la sienne.

IX

Ce soir-là, comme la nuit était splendide, on sortit à pied ; Savinien et Rose avaient pris les devants à leur habitude.

Ils suivaient un sentier qui dominait la plaine remplie par les ténèbres inférieures ; la fête étoilée brillait sur les monts, Sirius et Vénus resplendissaient ensemble ; on était à la fin de juillet. Mlle de Fleuriel marchait à côté de Savinien sous sa mante des Pyrénées, qu'elle avait prise à cause de la fraîcheur : cheminant ainsi dans le ravin taciturne, elle semblait l'âme de la montagne et l'âme de la nuit.

— Voyez, lui dit-il en lui montrant les constellations, les astres ont l'air de se pencher vers vous.

— C'est vrai, dit-elle, ils sont plus près ce soir.

Les cieux frais et profonds levaient jusqu'à leur dernier voile ; au bord du firmament, les astres s'inclinaient vers cette autre pâleur stellaire : le visage de Rose de Fleuriel.

Elle les nommait au jeune homme avec leurs beaux noms antiques. Et lui, tandis qu'elle parlait, croyait voir palpiter l'ombre religieuse, et la flèche des grands peupliers tressaillir Son bras montrait le peuple sidéral qu'elle dénombrait ; dressée sur ses pieds, elle se détachait déjà du sol. Alors, il sembla à Savinien qu'elle allait être aspirée par l'abîme céleste, et perdue pour lui.

— Regardez la terre, maintenant, Rose, lui dit-il.

C'était la première fois qu'il l'appelait Rose. Elle frémit doucement ; sans doute des mots d'amour allaient suivre, ces mots qu'elle attendait.

Comme il le demandait, elle ramena ses regards du désert étoilé sur la terre où était le bonheur ; elle abaissa ses yeux clairs sur l'Allier, qui répandait dans la plaine sa douceur de perle ; le trouble de la nuit alanguissait encore cette nappe sans couleur. Les forêts lointaines étaient un gouffre d'ombre vertigineuse, où l'on aurait voulu se plonger.

Ils étaient très loin, très seuls.

— Rose, murmura de nouveau Savinien, Rose !... laissez-moi vous dire...

C'était l'aveu. Les yeux divins se fermèrent ; les doigts frêles tremblèrent, pris dans une main tremblante aussi : le cœur de la vierge s'arrêta de battre, parce que, dans cette minute-là, qui ne doit plus revenir de toute l'éternité, la vie mortelle fait silence.

Il commença :

— Rose, je vous ai...

Il n'acheva pas.

Un sanglot coupa sa phrase, sa main s'ouvrit, lâchant les doigts de Rose comme un naufragé moribond lâche l'épave qui ne peut plus le sauver désormais.

Au moment où il prononçait l'aveu, il venait d'entendre au fond de sa mémoire les paroles qu'il avait autrefois dites à Françoise :

— Ma chérie, si tu meurs, je te jure que je ne me remarierai pas.

Et l'IMAGE avait surgi, frêle, funèbre, implacable. Il sentit qu'elle le reprenait. Il l'avait pourtant oubliée, morte une seconde fois. Comment venait-elle de ressusciter, traînant tout le passé derrière elle comme un linceul?

Un nuage courait sur la lune. Une voix murmura inquiète, près de lui :

— Qu'avez-vous?

Son cœur éclata :

— Je suis un malheureux, un misérable ! Ce mot que vous venez d'entendre je n'avais pas le droit de le prononcer.

— Pourquoi?

— Parce que je ne suis pas libre.

Pendant le silence d'une seconde, Rose le regarda et comprit :

— C'est toujours elle, n'est-ce pas?

— Oui, c'est elle.

Il lui prit les mains.

— Mon amie, ma très chère amie ! Puisque je l'ai commis ce crime de vous dire que je vous aime, eh bien ! je peux le renouveler encore. Je vous aime, Rose, entendez-vous, je vous aime au point de ne pouvoir m'en taire devant vous, si respectée, si pure ! devant vous, une jeune fille !... Dieu m'est témoin que je vous aime !...

Il sanglotait.

— Si j'avais pu penser que cela m'arriverait, à moi si loin de tout amour, à moi qui ne vivais plus que de la mort ah ! je vous jure que je ne vous aurais pas laissée venir à Méréglise ! Ou bien, plutôt que de vous troubler par ma folie, je me serais enfui. Mais je ne pouvais pas savoir. N'est-ce pas, mon amie, vous comprenez que je ne devais pas m'y attendre? Et vous êtes venue avec votre charme, vous m'avez enveloppé de votre charité divine, et moi... je ne sais plus comment, je me suis mis à vous adorer. Ce n'est pas ma faute, n'est-ce pas, si je vous aime?

— Vous m'aimez, répéta-t-elle gémissante, oppressée par la douceur de ce mot en un tel moment.

— Oui, mon amie ! Mais voilà ce qui est affreux, c'est que je l'aime encore, *elle*, autrement.

Il baissa la tête.

— Comment vous avouer cela à vous? Comment vous le faire entendre? Il y a entre *elle* et moi des liens intimes qui ne sont pas rompus, quoique j'aie pu croire tout à l'heure, quand je vous ai osé dire... ce que je n'ai pas osé achever. Il y a en moi, ma pauvre bien-aimée, un souvenir d'époux, un souvenir qui est *elle* ! Je ne peux le chasser de moi, car moi, c'est *elle*, hélas ! Mais vous ne pouvez pas me comprendre, et mes explications sont un outrage pour vous, je le sens.

— Non, mon ami, répliqua-t-elle, vous ne m'offensez point, et j'ai pitié de vous.

Il prit sa main qu'il baisa. Puis il ajouta, secouant tristement la tête :

— Ce n'est pas tout, je tiens encore à elle par quelque chose de plus fort qu'un regret — par une parole jurée...

— Ah ! soupira-t-elle, vous lui avez juré?...

— De ne me remarier jamais ! Une heure avant sa mort ! Vous et moi, nous savons ce que c'est qu'un serment.

Rose baissa la tête ; il reprit.

— Ah ! pourquoi m'a-t-on élevé dans cette idée qu'un serment est toujours infrangible, inviolable? On m'a fait l'esclave de moi-même et je ne puis pas m'affranchir. Certes, en ce moment, mon amie, je vous aime assez pour manquer à ma parole, pour accepter sans remords l'idée du parjure, parce que je sais que je vais vous perdre, et qu'à cette idée je n'ai plus de conscience ni de raison. Mais plus tard ! Plus tard, les remords viendront, la conscience se vengera. Elle me punira en rallumant la flamme du souvenir.

Farouche, il continua :

— Auprès de vous, je la reverrai mourante, recevant sans pouvoir y répondre ma promesse de fidélité. Je la reverrai pleurant dans son délire comme une petite fille, ou bien dormant dans ses cheveux L'amour que je vous donnerai sentira le sépulcre ; il sera rongé par la mort, il ne sera que cendres et néant.

Pâle, les lèvres tremblantes, Mlle de Fleuriel l'écoutait. Il la regarda.

— Vous voyez ! vous en avez déjà l'horreur.

— Taisez-vous, répliqua la généreuse fille. Taisez-vous ; moi aussi, je vous aime.

— Vous me pardonnez donc?

— Je vous aime parce que vous souffrez, et parce que vous souffrez par moi. Vous aussi, pardonnez-moi, mon ami. Dieu sait si j'étais venue pour vous faire du mal ! J'avais pour vous une amitié très douce, j'espérais vous consoler. Pour moi, je n'attendais rien que la joie de vous sauver de vous-même. Je ne pensais pas que vous m'aimeriez — de cet amour qui fait saigner le cœur, ni que moi-même je vous aimerais ainsi, hélas !

— Si vous aviez pensé m'aimer, seriez-vous venue tout de même?

— Oui.

Il la regardait jusqu'au fond de l'âme. Au moment où leur amour se brisait, il voulait, cruel, s'assurer qu'elle ne regrettait pas la triste et tendre aventure où il l'avait entraînée. Il lut dans ses admirables yeux sa sincérité.

— Alors, reprit-il d'une voix plus forte, notre amour aura été malgré tout grand et noble, puisque vous ne le maudissez pas.

Le chemin faisait un coude. A une assez grande distance en arrière, personne encore n'était en vue. Savinien en profita pour s'arrêter tout à fait :

— Rose, écoutez-moi, dit-il. Je vous aime, je vous admire, je vous chéris. Ma vie, grâce à vous, pouvait avoir un but, mon cœur pouvait connaître une seconde fidélité en vous, plus radieuse que la première ; en vous mon intelligence trouvait une âme plus haute que tous mes rêves. Vous êtes la vie ; hors de vous, il n'y a dans le passé que la mort et dans l'avenir que le néant. Pourtant je choisis le néant et je demeure avec la mort.

« Parce que, voyez-vous, continua-t-il, ayant l'âme que l'on m'a faite, je ne pourrai jamais oublier un serment. Ma vie reste suspendue à une parole. Et si je m'en libère, si je la foule aux pieds, cette parole donnée librement, éperdument, naguère, ce seul acte m'empoisonnera tout entier : je traînerai une âme de prêtre renégat, où pourrissent tous les sentiments à cause d'un péché unique. Je suis sûr que vous me comprenez. Savinien de Méréglise parjure, même pour l'amour de vous, n'est plus digne de vous.

— Ah ! je vous comprends, dit-elle. Votre scrupule est inexpugnable, invincible, parce qu'il est défendu par un fantôme. Vous avez raison : je ne peux pas lutter contre les spectres.

Une femme, une amante sûre d'elle-même eût accepté le combat ; elle eût provoqué cette Françoise au fond de sa tombe, et elle n'eût pas désespéré de la vaincre, consciente des forces infinies de l'amour. Mais Mlle de Fleuriel avait cette fière timidité des vierges, que fait reculer la lutte pour être aimées, et qui n'accepteraient pas un partage même avec la mort.

Un sanglot souleva sur la poitrine de Rose le châle pyrénéen. Ses frêles mains, le long de sa robe, refaisant leur geste habituel, s'ouvrirent désespérées : elle laissait, vaincue avant le combat, choir à ses pieds son pauvre bonheur. Sa figure blanchit de souffrance. Il y eut, dit la légende, à l'aube de l'éternité, un jour de tristesse pour les anges dans le ciel, lorsque leur fut annoncé le mystère de la Passion divine : ils pâlirent tous, et le paradis devint un parterre de lys défaillants. La face de Rose se ternit comme ces faces glorieuses.

Cependant, elle eut la force de parler la première. Elle dit seulement :

— Je partirai.

Il y eut un silence. Tous deux maintenant songeaient à ce départ, qui allait être le commencement de l'irrévocable solitude. Ne plus pouvoir s'aimer, c'était le premier degré de l'anéantissement ; ne plus se voir, c'en était la fin.

Une grande pitié leur vint de leur propre misère, à cause de cette cruauté qu'ils avaient malgré eux contre eux-mêmes. Tout en se taisant, ils se plaignaient.

Savinien exprima leur pensée commune :

— Pourtant, nous nous aimons.

— Oui, nous nous aimons, répéta dans un souffle la voix de l'amie.

Et de nouveau ils se turent. Les étoiles brillaient. Le vent fraîchit. Un papillon de nuit, qui voletait autour de Rose, se posa sur sa mante ; elle fit un geste pour le chasser. Une fuite de lézard bruit dans l'herbe.

Un appel de Mme de Méréglise traversa la nuit :

— Savinien ! nous retournons.

Il sortit de son accablement et dit à Rose :

— Voulez-vous que je vous embrasse?

Elle lui tendit son front sans répondre. Les lèvres du jeune homme rencontrèrent sa joue, — elle était comme un tissu de fleur, si frêle que le baiser en se posant craignait de meurtrir cette délicatesse et cette suavité. Ce doux visage était fragile et menu autant que celui d'un enfant. Et si minces étaient les épaules que le jeune homme étreignait ! Ah ! la chère créature, divine d'être si faible, si désarmée, si tendre ! Fallait-il la laisser, la rejeter à la destinée, à la barbarie du monde, à l'atrocité sournoise des hasards? En ce moment, il fut sur le point de lui crier qu'il était sûr de lui-même, qu'il répondait de n'avoir désormais ni regrets, ni souvenirs, ni scrupules, que la mémoire du passé était tuée en lui par le vœu légitime de vivre, par le besoin d'aimer une vivante qui pût profiter de son amour. Mais comme il allait le lui dire, ce ne furent pas ces choses-là qui lui vinrent aux lèvres : ce furent les syllabes implacables de son serment. Et il comprit que la morte ne désarmait toujours pas et qu'il ne serait jamais libre.

Non, décidément, il n'avait pas le droit, lui, le jouet d'un spectre, de condamner cette Rose à vivre comme lui au bord du sépulcre, à respirer comme lui les vapeurs de la mort.

Un second cri arriva jusqu'à eux :

— Savinien !

Superstitieux, il crut entendre l'ordre de la Destinée lui commandant de prononcer le mot sans appel.

Il murmura très bas, dans les cheveux de Mlle de Fleuriel, où ses paroles frémirent :

— Mon cher amour, adieu.

Puis il la lâcha, et se tournant vers la vallée :

— Nous voici, mère, cria-t-il.

DEUXIÈME PARTIE

I

Rose, en rentrant, s'était jetée pleurante dans les bras de M. de Chalus.

— Nous allons partir, avait-elle dit : il le faut.

— Qu'y a-t-il donc? demanda-t-il.

Elle lui raconta.

— Il m'aime et je l'aime. Mais il pense toujours à la morte, il lui a juré qu'il ne la remplacerait jamais. Nous ne pouvons pas nous épouser.

— C'est ce soir qu'il te l'a dit?

— Oui, ce soir. Vous voyez bien que je ne dois pas rester ici une journée de plus. Demain matin, vous parlerez à Mme de Méréglise?

— Oui, je lui parlerai, sois tranquille. Elle a été bien coupable. Mais je n'ai pas le droit de l'accuser, moi ; mon imprudence égale la sienne. Le même espoir nous a perdus.

Il baissa la tête ; puis regardant la jeune fille :

— Tu souffres, ma petite Rose?

— Ah ! mon ami, mon père !

Elle s'abattit sur son épaule. Pendant quelques instants elle sanglota, le visage caché. La douce vague de cheveux blonds se soulevait, au rythme de sa douleur, et les doigts du vieillard l'effleuraient d'une légère caresse en silence : il savait l'importunité de tous les mots en cet instant. La face de Rose, enfin, se tourna vers lui ; ses larmes mêmes étaient belles ; c'était sur sa chaste figure une nouvelle pureté douloureuse, étincelante ; on eût dit des gouttes de ciel. Sur ses joues à la pulpe mate, elles coulaient sans laisser de sillon, comme des perles de rosée au cœur d'une rose blanche.

Alors, les traits de M. de Chalus se contractèrent avec effort : le masque grave et harmonieux craqua et se fendit, comme une image d'argile exposée à un feu trop violent, et par ces ravines des pleurs coulèrent. Ce fut aussi inouï pour Rose que si elle avait vu pleurer une statue. Lui si grand, son affection pour elle le faisait donc aussi faible qu'elle? Elle l'embrassa dans un emportement pieux où elle oublia sa misère.

Au sommet de la tour, minuit tintait, interminablement.

Le lendemain, Savinien, sous prétexte de voir des amis de passage à Randon, était parti à la première heure : Mlle de Fleuriel ne le revit donc pas. Avant le déjeuner, M. de Chalus eut un entretien au salon avec Mme de Méréglise. Sauf Savinien, les hôtes du château se retrouvèrent tous au repas. Le tuteur de Rose annonça devant eux son départ et celui de sa pupille, pour une affaire qui les appelait d'urgence à Montfort-l'Amaury : un propriétaire du pays, sur le point de partir pour les chasses d'Écosse, proposait à M. de Chalus de lui louer sa villa pour la fin de la saison, à des conditions avantageuses, et celui-ci désirait la montrer à Rose avant de conclure. Mme de Méréglise répondit en regrettant avec politesse d'être sitôt privée d'eux. Ce fut tout.

L'après-midi fut prise, naturellement, par les préparatifs du voyage.

Mlle de Fleuriel, sortant de sa chambre, se trouva sur le grand palier, en face de la statue qui lui ressemblait ; elle regarda avec mélancolie cette effigie d'elle-même, qu'elle laissait avec tant de son âme au triste château d'amour. Douloureusement, elle prit congé de sa propre image impassible.

Elle croisa Vitaline.

— Voulez-vous me permettre de vous dire adieu, mademoiselle? lui demanda la jeune paysanne.

— Adieu, ma pauvre Vitaline. Je n'ai guère eu le temps de vous être utile, mais je ne vous oublie pas.

— Moi, mademoiselle, je ne vous oublierai jamais non plus, répondit la fille de la Bertrande, en lui jetant un regard profond.

Se doutait-elle de quelque chose?

On attelait la voiture qui allait conduire les voyageurs à Randon. Mme de Méréglise vint vers Rose et l'emmena dans un angle de la terrasse.

— M. de Chalus m'a dit pourquoi vous nous quittiez, ma chère enfant, commença-t-elle. Je sais que Savinien vous aime, et qu'il ne croit pas en avoir le droit. Je sais que vous-même vous l'aimez.

— Madame !...

— Pardonnez-moi de vous faire souffrir un peu plus en touchant la plaie secrète de votre cœur. Mais il faut que je vous le déclare avant de nous séparer : j'approuve cet amour, j'en suis heureuse.

— Hélas ! madame, il est perdu pour jamais.

— Pour jamais? Qu'en savez-vous?

— Votre fils a juré fidélité à celle qui fut la comtesse de Méréglise. Il a dû vous le dire. Il a fait serment, madame.

— Et je vous dis, moi, ma chère fille, qu'il y a des serments qui sont nuls devant la raison et devant Dieu.

— Lesquels donc? Je ne comprends pas bien.

— Ceux qu'on a faits à quelqu'un qui n'existait pas.

Elle se pencha pour parler à l'oreille de la jeune fille, comme si elle avait craint d'être entendue par les arbres et par le vent :

— La Françoise idéale à laquelle mon fils a juré fidélité *n'existait pas* ! Il l'a rêvée, entendez-vous?

— Que voulez-vous dire?

— J'ai connu la vraie, celle qui a réellement vécu pour notre malheur à tous trois. S'il avait pu la voir telle qu'elle était, lui aussi, il ne se serait pas engagé à elle au-delà de la mort. Né d'une erreur, d'un mensonge, son serment est nul ; je l'affirme.

Un mouvement d'espoir fit tressaillir Rose. Les yeux suppliants, elle s'écria :

— Dites-le-lui !

La comtesse de Méréglise secoua la tête :

— Il ne me croira pas : je suis sa mère. Non, il faudrait quelqu'un qui parût désintéressé, un ami sûr, pour lui jurer qu'elle ne méritait pas un tel sacrifice.

Elle ajouta lentement :

— Cet ami existe. Il est ici.

— M. Pierre Anfrey?

— Anfrey, oui, s'il voulait !... Savinien l'écouterait, j'en suis sûre. Mais il ne parlera pas.

— Pourquoi?

— Il aura scrupule d'attaquer une morte. Je le connais.

Rose retomba à son désespoir.

— Alors, tout est bien fini? gémit-elle.

— Qui sait? disait M. de Chalus. Ne désespérez pas : attendez.

— Quoi donc?

— Le jour où la vérité fera explosion dans cette âme. Et souvenez-vous que votre cause est juste, et que c'est votre rivale qui doit être vaincue. Ma chère mignonne, il faut que vous soyez ma fille ; je le veux. Cela sera.

Elle l'embrassa avec tendresse :

— Au revoir !

Et, avant de la quitter, elle répéta :

— Ne désespérez pas.

Pierre arrivait pour faire ses adieux : Mlle de Fleuriel regarda cet homme qui pourrait un jour, s'il le voulait, trancher d'une parole le nœud fatal où deux destinées étaient prises. Puis elle monta en voiture auprès de M. de Chalus déjà installé. La porte de la grille s'ouvrit ; les chevaux tournèrent, glissant un peu, égratignant des fers le grès de la route. Puis l'équipage ayant évolué, le cocher toucha, les bêtes filèrent sur le chemin aveuglant où tremblaient, longues îles d'ombres flottantes, les silhouettes des arbres. Enfin, Mlle de Fleuriel pouvait pleurer, ne plus feindre, ne plus penser, souffrir à son aise. M. de Chalus lui avait pris les doigts : il sentait dans la sienne cette petite main vivre une frêle vie douloureuse, remuer par moments, panteler comme un oiseau blessé.

Elle songeait de nouveau aux énigmatiques paroles de Mme de Méréglise. Ainsi donc, pour ramener Savinien, il faudrait que quelqu'un lui attestât l'indignité de la morte? C'était bien cela qu'elle avait compris. Mais celui qui le pouvait ne l'oserait pas, disait-on — Alors?...

De chaque côté de la voiture, sur les berges plates, les bouleaux fuyaient : d'autres jalonnaient de nouveaux espaces à perte de vue. Arriverait-on jamais à la gare? Comme il tardait à Mlle de Fleuriel de monter dans le train qui l'emporterait à travers la nuit prochaine, dans un fracas de vitesse, dans une ruée vertigineuse avec l'illusion d'une course à l'abîme, à la mort !

Savinien ne rentra que fort tard dans la soirée, ainsi qu'il l'avait annoncé. Il n'était point allé à Randon : pour évaporer sa tristesse, il avait rôdé tout le jour sur les plateaux environnants, de façon à ne jamais cesser de voir les tours de Méréglise, qui abritaient encore Mlle de Fleuriel pour quelques heures. Vers le soir, comme il pensa qu'elle devait être partie, il entra, pour prendre son premier repas, dans une auberge au coin d'une route. Des touristes s'y trouvaient : des Parisiens venus de Randon avec des femmes à l'élégance un peu éclatante. Ils remarquèrent cet homme jeune, aux traits crispés, aux yeux égarés, qui gardait malgré tout l'air de sa race, et que l'hôte servait avec déférence. Étourdiment l'une des promeneuses questionna le garçon rustique qui s'activait autour des tables.

— C'est M. le comte Savinien de Méréglise, répondit-il, un des grands noms du pays. Il a perdu sa femme il y a dix-huit mois, et depuis il est un peu fou. Un jour ou l'autre, il lui arrivera malheur. Du reste, son père s'est tué.

— Il est bien, répliqua simplement la Parisienne, qui, en vraie femme, ne trouva que cette remarque.

Savinien entendit et ne prit point garde. Peut-être le rustre aurait-il bientôt raison de prédire sa folie, mais qu'importait? Il mangea et but, machinalement, dans sa fatigue. On dînait sous des tonnelles ; il passait dans la chaleur de grands souffles frais venus de très loin. Au bord du chemin, des lanternes en spirales qu'on avait oublié d'éteindre, balancées sur la voiture qui avait amené les Parisiens, jetaient des lueurs rouges et vertes de fête japonaise ; dans la noirceur de l'ombre, elles semblaient saigner plutôt que luire. Le ciel était profond, d'un bleu sourd, sans lune, criblé d'étoiles. Une des femmes chanta, une autre rit. Savinien crut que les ténèbres pleuraient.

Il paya, se leva et revint vers Méréglise, à travers les champs endormis. Des chauves-souris, habitantes des plateaux, le frôlèrent. La note argentine des crapauds, au fond des ornières, flûta. Autour de lui, il sentait la nuit de velours, oppressante de douceur et d'obscurité.

Quand il entra dans la cour du château ce fut plus suave et plus étouffant encore : les massifs épanouis embaumaient, et non seulement les fleurs dilataient ainsi toute leur âme, mais tous les arbres, toutes les plantes, toutes les herbes expiraient dans l'air la fumée de leurs sèves. Une immense odeur de vie végétale, qui devenait presque humaine à force d'intensité, sortait de ce parc, qui se taisait inexprimablement. Savinien n'entendit d'autre bruit que le craquement du gravier sous ses pas. Tant de mollesse, tant de silence autour de sa peine, le suffoquèrent ; il porta la main à sa poitrine, s'arrêta, puis il prit sa course, gravit d'un seul trait l'escalier qui menait à sa chambre, en haut de la Tour de l'Horloge. Fiévreusement, il poussa la porte, entra. Dans un fauteuil, devant une table placée dans l'embrasure de la fenêtre ouverte, il se laissa tomber. Il resta ainsi prostré une minute, puis, voyant à sa portée du papier et une plume, il étendit la main et se mit à écrire.

Je ne vous enverrai pas, mon amie, ces lignes que je trace pour vous. Il est inutile, n'est-ce pas? de vous faire souffrir davantage. Mais je ne suis pas sûr de ce qui m'attend ; je ne sais pas si le démon qui a conduit jadis mon père au gouffre ne m'y jettera pas bientôt. Il n'aura qu'à me pousser le coude : je suis au bord. Tant que je garderai de la raison, je me cramponnerai à la roche : je ne tomberai pas seul, j'ai ma mère ! Seulement, combien me reste-t-il de temps encore avant de devenir fou? Déjà on me voit tel, si j'en crois ce qu'on murmure quand je passe.

Eh bien ! si je meurs comme cela, je veux que vous sachiez une chose : je serai mort n'aimant plus que vous. La vérité d'hier sur mes regrets et mes souvenirs d'époux n'est plus la vérité d'aujourd'hui.

Hier, je n'avais pas encore accompli le sacrifice ; hier, vous n'étiez pas partie ; hier, je n'étais pas seul. Seul ! la morte à qui je vous ai sacrifiée avec moi me laisse seul. Toute cette journée, sachez-le, j'ai tâché éperdument de vous oublier pour elle, *de ne plus penser qu'à elle ; je l'ai appelée à genoux, j'ai tout fait pour l'évoquer. Elle n'est pas venue, elle m'a abandonné. A-t-elle compris que je ne l'aime plus, depuis que je vous ai perdue?*

Ce que je lui gardais d'amour au fond de moi-même a été usé par l'acte d'abnégation que je viens d'accomplir. Je n'éprouve en moi que sécheresse au lieu des joies mystiques de l'immolation. Pis que cela : je sens au fond de moi-même sourdre contre elle une affreuse rancune. Elle me coûte votre bonheur !...

Mais j'ai juré ! Et je demeure lié par ma parole au cadavre de cette femme et au cadavre de ce passé, tandis que je vous vois, Rose, avec votre sourire et vos larmes, m'appeler vers la vie... Adieu, mon amour !...

Dans son agitation, il se leva, repoussa la feuille de papier vers le bord de la table. Une brise qui passait la souleva, l'entraîna vers la fenêtre ouverte ; il n'y prit pas garde, il marchait à pas désordonnés dans la chambre. La feuille emportée tournoyait maintenant dans le vide, elle demeura un instant accrochée aux rameaux de la vigne vierge qui pendait ; un autre souffle la détacha, et elle continua à tomber dans la nuit, pareille à la pensée incohérente de Savinien qui descendait dans le puits du néant par les spirales de la folie. Enfin elle toucha terre : elle resta dans l'allée à palpiter comme un cœur pris d'angoisse.

Savinien était sorti, il descendait l'escalier, il allait retrouver à l'autre étage son ami Pierre Anfrey : il fallait qu'il parlât à quelqu'un pour se libérer de la détresse qui le suffoquait.

Pierre, qui travaillait encore, n'avait pas fermé sa porte : Savinien entra brusquement, sans prendre le temps de frapper. Son ami tressaillit en le voyant pénétrer chez lui à cette heure avec des yeux de fou et des lèvres tremblantes. Il n'avait pas ajouté foi aux explications de M. de Chalus sur son départ précipité de Méréglise avec Mlle de Fleuriel : il s attendait à un désastre qu'il devinait à demi.

— Ah ! mon pauvre Pierre, s'écria Savinien, je suis bien malheureux.

Il s'était assis sur le lit, les bras inertes le long de son corps, le buste écroulé, les jambes brisées.

— Qu'est-ce qu'il y a? interrogea Pierre.

Et l'autre lui dit tout : ce qu'il savait déjà, son chaste amour pour Mlle de Fleuriel ; ce qu'il soupçonnait, leur rupture de la veille, et ce qu'il ignorait encore, les raisons de son sacrifice. En l'écoutant, l'accablement de Pierre devenait peu à peu semblable au sien. Quand M. de Méréglise eut fini, il regarda Anfrey qui se taisait toujours, les yeux baissés.

— Eh bien ! s'écria-t-il douloureusement, tu ne trouves rien à me dire?

Anfrey parut faire un effort extraordinaire pour tendre la main à son ami et lui répondre :

— De toute mon âme, je te plains !

Presque irrité, Savinien répliqua :

— Mais il ne faut pas me plaindre, Pierre ! il ne faut pas m'attendrir sur moi-même, il faut m'encourager, au contraire. C'est la première fois que ton amitié se trompe sur le langage qu'on doit tenir à un ami véritable. Dis-moi donc que j'ai bien fait, que j'ai eu raison de briser ma vie et celle d'une autre pour ne pas manquer de parole à une morte, — à une morte que je n'aime même plus depuis qu'elle m'a commandé *cela*, qu'elle a exigé *cela !* Dis-moi que je n'ai rien à regretter, que je ne dois me repentir de rien Tu me connais, Pierre, tu sais que je suis peut-être bon, mais sûrement faible : souvent, généreux, tu m'as prêté ta force. Eh bien, c'est encore l'occasion aujourd'hui : j'ai besoin d'une parole stoïque, de qui l'entendrai-je, sinon de toi, Pierre, le fils de ton admirable père, Claude Anfrey? de toi, Pierre, mon frère aîné? Allons, je t'écoute, ne me ménage pas. Allons, parle !

— Savinien, pardonne-moi : je ne peux pas.

— Tu ne peux pas, toi?

— Hélas, non ! je ne peux pas, moi. Je suis comme toi, plus que toi, un faible. Mon père, lui, puisque tu le nommes, te dirait ce que tu veux qu'on te dise, mais moi, encore une fois, non ! c'est au-dessus de mes forces. Il est de son temps, je ne suis que du mien, du nôtre. Et ce que l'éprouve en ce moment, c'est surtout une pitié infinie de toi, Savinien, de toi, et encore plus de l'autre, de...

— Tais-toi, malheureux, tais-toi donc !

Les deux hommes restèrent anéantis. Savinien pleurait, Pierre se rappelait.

Voici ce qu'il se rappelait.

Il y avait de cela deux ans : il se trouvait à Fontainebleau chez des amis, à l'époque où Françoise y était elle-même, tandis que Savinien prolongeait son séjour à Méréglise. Celui-ci, le traitant en camarade sûr, l'avait autorisé à distraire sa femme d'une promenade ou d'une causerie dans cette ennuyeuse ville, où, si impatiemment, elle attendait son retour. Pierre s'y efforçait de son mieux, mais il ne réussissait guère à calmer l'énervement de la jeune comtesse ; elle se plaignait à lui souvent de la solitude où son mari la laissait depuis des semaines.

— Concevez-vous cela? disait-elle. Quitter sa femme pour des paysans et des ouvriers ! Si j'avais su, j'aurais épousé aussi bien un usinier ou un ingénieur.

— Chère madame, répondait Pierre doucement, je vous assure que Savinien obéit à une pensée très noble. Il a hérité des soucis humanitaires du comte Tiburce : il veut faire le bien autour de lui, parce qu'il se considère, ainsi que les vrais gentilshommes d'autrefois, comme le patron et le protecteur-né de la contrée qui fut le domaine de sa famille.

— C'est possible, répliquait-elle avec quelque amertume ; je ne discute pas la noblesse de sa pensée, comme vous dites ; seulement les femmes n'apprécient pas beaucoup les idées généreuses dont elles ont à souffrir. Et je ne vous le cache pas : j'aimerais mieux qu'il ne pensât qu'à moi, tout simplement.

Là-dessus Pierre, s'échauffant, tâchait de la convaincre que Savinien pensait plus que jamais à elle, qu'il rapportait à elle seule tous ses efforts de savant et de philanthrope, voulant être à ses yeux quelque chose de mieux qu'un oisif inutile. Elle secouait la tête :

— Je ne lui en demande pas tant. Une affection un peu plus attentive, voilà ce que j'aurais voulu de lui.

L'injustice de la phrase exaspérait Anfrey ; il ne pouvait souffrir que la jeune femme niât la tendresse exaltée de ce cœur aimant, si uniquement préoccupé d'elle. Françoise, de plus en plus énervée, s'appliquait à le taquiner en insistant sur ses insinuations et ses reproches. Ou bien encore, elle s'amusait à flirter ouvertement devant lui avec les visiteurs de Mme de Sancé, et il laissait voir, pour son ami, une jalousie dont elle se divertissait. Avec lui, elle n'était jamais coquette, mais volontiers désagréable et presque hostile : elle lui en voulait à cause de la sévérité de ce caractère qui ne se laissait ni charmer ni dominer et à cause du blâme muet qu'elle devinait en lui.

Un jour, dans deux voitures, une petite caravane de touristes débouchait à l'ermitage de Franchard ; Pierre était du nombre, ainsi que la comtesse Françoise de Méréglise et sa cousine, Mme de Sancé. Il faisait une après-midi de soleil, la troupe était très gaie. Quand on se fut rafraîchi au cabaret, Pierre proposa naturellement de visiter les gorges. Il se trouva que tout le monde les avait vues.

— Je connais toutes les pierres, déclara Mme de Sancé.

— Moi aussi, affirma une autre.

— Et moi, dit une troisième, je ne tiens pas à me meurtrir les pieds pendant trois quarts d'heure. »

Bref, l'excursion ne parut faire envie qu'à la jeune comtesse : on convint donc qu'elle irait avec M. Anfrey, pendant que les autres continueraient la route en voiture jusqu'au canton de Jupiter, où sont de si beaux arbres. Personne ne songeait à s'effaroucher du tête-à-tête : on n'est jamais seul aux gorges de Franchard.

Pourtant, ils furent seuls ce jour-là.

Anfrey ne craignit pas d'abord cet isolement ; il n'était pas amoureux de la comtesse Françoise et elle était la femme de Savinien, qu'il appelait son frère.

De plus, elle paraissait éprouver pour lui un certain éloignement, presque de l'antipathie, parce que, loin de lui faire la cour, il s'était appliqué constamment à lui remontrer le malfondé de ses griefs contre un mari coupable seulement de l'aimer trop. Une certaine gêne existait entre eux.

Quand ils furent arrivés au pied des falaises, la figure de Françoise changea. Trop frivole pour rêver, elle était presque indifférente aux paysages de grâce ou de mélancolie, mais à toutes les âmes la nature puissante s'impose, et cette puissance est farouche à Franchard.

Le peuple des roches blanches et grises dévalait les pentes, et l'on eût dit une avalanche pétrifiée au milieu de sa chute ; il stagnait pesamment au fond de la vallée étroite, qui semblait pavée ainsi de dalles funéraires. Cela avait l'air d'un chos primitif que rien ne dérangerait de toute l'éternité : l'horreur en était vraiment divine. Un incendie, allumé par quelques vagabonds, ne laissait subsister maintenant que les squelettes des bouleaux entre ces pierres tombales. Un silence tel que celui des espaces interplanétaires, dont s'épouvantait Pascal, occupait le paysage.

Les promeneurs s'avançaient ; la vallée les enserrait toujours davantage, et aussi le bleu silence. Une biche et ses faons la traversèrent devant eux, à quelques pas, et les pierres qui roulaient sous les pieds des animaux ne firent aucun bruit ! D'une lente coulée, les formes brunes glissèrent d'un versant et remontèrent la pente opposée, pour reparaître découpées en lignes nettes tout en haut, sur le calme azur. Alors, bien qu'elle eût Anfrey à ses côtés, Françoise vit la formidable solitude que les plus courageux n'osent pas toujours regarder face à face : sa pauvre petite âme de Parisienne, surexcitée et débilitée à la fois par un mois d'ennui, sentit une épouvante bizarre de la nature, de la vie, de l'avenir, de tout. Et, sans savoir seulement ce qu'elle faisait, elle s'abattit sur la poitrine de son compagnon.

Provocation amoureuse? Non pas. Détresse enfantine, ignorante elle-même de ce qu'elle souhaitait. Mais Pierre, étourdi par l'invraisemblable de l'aventure, perdit la raison.

Un démon, dit l'Écriture, vit dans le désert. Leur péché involontaire fut son crime, car aucun d'eux n'y avait consenti.

Le réveil de Françoise fut horrible : la frivole créature succombait sous le poids de la honte. C'était une détresse, un dépaysement pires que le remords. La terre lui manquait sous les pieds, le monde et elle-même avaient changé tout à coup. Elle ne se consolait pas et ne se pardonnait pas d'avoir péché sans amour, sans l'avoir voulu, par un hasard : plutôt qu'un repentir véritable, elle en éprouvait un malaise égoïste, elle souffrait dans sa sensitivité d'hermine.

Mais rien ne laissait d'impression durable en elle. Peu à peu, cette créature à demi irresponsable et inconsciente oublia presque, quand elle eut retrouvé l'affection de Savinien dans les splendeurs de Nice : elle aurait oublié tout à fait si elle n'avait pas eu la certitude que Pierre, lui, se souvenait.

Celui-là ne pouvait porter légèrement la mémoire d'une faute que la passion n'excusait même pas.

Un terrible exemple, celui de son père, dont une seule faiblesse avait brisé la vie, lui avait inculqué le sentiment des responsabilités. Voilà donc que lui, à son tour, il était tombé dans la faute paternelle; il ne l avait ni réparée ni expiée, et c'était contre son meilleur ami, contre son frère, contre Savinien, qu'il l'avait commise.

Et aujourd'hui, dérision ! Savinien lui demandait de l'encourager dans sa fidélité chimérique à cette morte qu'il en savait indigne, lui Pierre, qui l'avait outragé avec elle !

Dût son ami le tuer, c'eût été un soulagement de lui crier à la face la vérité qui l'aurait affranchi envers cette tombe. Mais la faute de Françoise de Méréglise n'appartenait qu'à elle et non à son complice, et l'on n'accuse pas les trépassés, ces muets éternels.

II

Le médecin arrêta son cheval.

— Voulez-vous que je vous ramène, monsieur Anfrey? Il faut que je passe par Méréglise en rentrant.

— Volontiers, docteur.

Et Pierre monta dans la voiture, qui repartit. Elle filait sur la grand'route, dans cette magnifique soirée d'un été déjà automnal par la fraîcheur des brises et la fluidité des ciels. On était au commencement de septembre. Quelques nuages blancs, frangés d'une écume étincelante et dorée, se fondaient dans un bleu recul, comme si le firmament eût été une mer aux lointains successifs; telles ces îles voyageuses de l'antiquité qui flottaient par couples, en tournant bords à bords. Les horizons nageaient dans des transparences traversées de lueurs. Toute la nature baignait dans une onde de lumière élastique et chantante.

— Comprenez-vous, dit le médecin, que par un soir comme celui-ci on ne soit pas panthéiste?

Ce modeste homme de province, qui communiait ainsi avec l'âme du monde, se nommait le docteur Gervais. Nom trop simple qui déjà était une faute ; il désignait un savant véritable, trop dépourvu de charlatanisme pour prospérer à Paris. Après quelques années de luttes, Gervais était revenu au pays natal ; il y besognait bravement, pauvre et libre, ne daignant pas envier ceux qui réussissaient. Son darwinisme ne lui avait-il pas appris que les individus armés de crocs et de pinces ont été construits expressément pour dévorer les autres? En somme, il ne se jugeait pas à plaindre : il avait su, à temps, échapper aux mandibules de ses congénères, et dans son existence provinciale, dont il se contentait, le travail obligatoire lui laissait quelquefois le loisir de penser. Aimant le luxe moral, le seul auquel il pût atteindre, il se donnait cette élégance, dans un pays à châteaux, de n'être pas ostensiblement socialiste, alléguant que l'emploi était déjà tenu par le vétérinaire. Aussi ce médecin de canton n'était-il populaire que parmi ses malades.

Aucun, d'ailleurs, ne se montrait moins courtisan avec les riches. Exceptionnellement, il acceptait, à de longs intervalles, une invitation de la comtesse Élisabeth, parce que la dame de Méréglise représentait hautement ce qu'il admirait le plus : la race. Anfrey avait eu deux ou trois fois occasion de dîner avec lui.

— Et vous êtes seul, à ce que je vois, reprit le médecin.

— Mais oui. Je suis sorti assez tard aujourd'hui : j'avais à travailler. M. de Méréglise était parti de son côté depuis longtemps.

— Ah ! fit le docteur... Qu'est-ce qu'il y a, Trilby? dit-il à son cheval, qui se mettait à chauvir des oreilles.

Un mendiant passait sur la route. Gervais rassura sa bête par quelques appels de langue, en l'effleurant du fouet et en ramenant un peu les guides, pour lui faire sentir le contact avec son maître. Elle se calma aussitôt.

— Monsieur Anfrey, continua le médecin, je voudrais vous dire deux ou trois mots sérieux sur votre ami.

Pierre sentit au creux de l'estomac cette barre d'angoisse que connaissent tous les nerveux. Il ne pouvait plus entendre parler de Savinien sans que toute sa sensibilité fût ébranlée dans l'attente de quelque catastrophe, dont il se fût jugé responsable. Ne gardait-il pas, enfoui au fond de sa conscience, le secret libérateur?

Depis son entretien avec le comte de Méréglise, cette idée avait germé insensiblement en lui de l'aveu possible, qui lui avait paru de moins en moins étrange par une accoutumance progressive de son imagination. Maintenant le besoin d'avouer le hantait ; la vérité a en soi on ne sait quelle force de propulsion : elle veut impérieusement sortir, et c'est une hôtesse incommode pour celui qui persiste à la tenir enfermée en soi-même.

— Je vous écoute, docteur, répondit Pierre.

— Depuis longtemps, poursuivit Gervais, l'état de M. de Méréglise me donnait des inquiétudes. Mais elles n'ont jamais été aussi vives qu'à présent.

Le trouble de Pierre s'accrut.

— En vérité? fit-il. Permettez-moi, sans vous contredire, de m'étonner un peu. J'ai connu Savinien beaucoup plus agité qu'il ne l'est actuellement : quand nous l'avons ramené à Méréglise, après la catastrophe, sa mère et moi, nous craignions, pour tout dire, le suicide ou la folie. Vous l'avez vu dans ce temps-là, il avait la démarche somnambulique...

— Cher monsieur, l'automatisme de l'allure et l'hésitation du langage peuvent n'être que des désordres passagers, et c'était le cas. Je redoute bien autrement la prostration où se trouve maintenant le malade, après cette amélioration qui nous avait fait croire à une cure. Le progrès du mal s'accuse par un symptôme indéniable : l'indifférence universelle à l'égard des gens et des choses.

« Les préoccupations philosophiques qui, naguère, passionnaient M. de Méréglise, lui sont devenues étrangères. Il ne lit plus, il a abandonné un projet d'une réussite problématique, mais qui le distrayait fort à propos : celui que lui avait suggéré ce fameux chercheur de sources...

— Je sais, interrompit Pierre.

— Enfin, l'idée fixe s'est installée chez lui en maîtresse absolue. Il a moins de chagrin, mais il a sans aucun doute plus d'accablement : vous qui vivez avec lui, vous devez vous en rendre compte. Ce n'est plus la même mélancolie.

— Et vous la jugez plus redoutable que l'autre?

— Sûrement. Pour sa constitution, la manie déprimante est beaucoup plus à craindre que l'exaltation. Ah ! s'il s'agissait d'un de ces gaillards-là !... dit-il en montrant du bout de son fouet deux rudes paysans qui passaient, avec leurs moustaches à la Vercingétorix. Ce serait autre chose. Ce ne sont pas des dégénérés aristocratiques, ceux-là.

— Mais enfin, que craignez-vous?

— Tout, hélas ! cher monsieur. Physiquement d'abord, la consomption : phtisie, faiblesse cardiaque, s'aggravant jusqu'à devenir mortelle. Que sais-je? cette déchéance progressive de l'organisme ouvre la porte à toutes les maladies de langueur. Moralement.... la folie et le suicide, comme vous le disiez.

— Ce n'est pas possible !

Le docteur Gervais eut un sourire apitoyé :

— Parbleu, c'est ce qu'on dit toujours. Mais l'obsession, monsieur Anfrey, depuis qu'il y a des aliénistes, est connue comme le meilleur agent de désorganisation cérébrale. — Et quant au suicide... les statistiques vous diront que le plus souvent, surtout après la première jeunesse, on ne se précipite pas violemment dans la mort : on s'y laisse tomber de lassitude, sans presque s'en apercevoir, un jour où l'instinct vital s'est endormi. Voilà ce qui nous attend et ce dont j'ai peur, conclut-il, emporté par la chaleur de son explication.

L'homme bon et simple, pourtant, suivait sa thèse, et n'en sentait pas la cruauté pour celui qui l'écoutait.

— Tenez, continua-t-il, si je pouvais déchaîner en ce moment une catastrophe, je la ferais choir sur M. de Méréglise... pour le distraire. Tout vaudrait mieux que son état actuel.

Et il mit son cheval au grand trot.

Pierre Anfrey songeait à ce qu'il venait d'entendre. Tout le monde était donc d'accord pour le torturer? Depuis plusieurs jours, le regard de Mme de Méréglise se fixait sur lui avec une oppressante insistance : il n'interrogeait plus, il suppliait et commandait à la fois. Il disait : « Parlez ! » avec une autorité sans réplique. D'autre fois, il affirmait, il disait : « Vous parlerez ». Pour résister à cette suggestion, Pierre faisait contre ses nerfs un effort qui crispait son visage. Fuir hors de la portée de ce regard? il ne le pouvait pas ! Il était l'objet d'un envoûtement, qui le retenait sous l'effluve de ces yeux chargés de l'immense angoisse maternelle.

Et maintenant, voici que le médecin,

au nom de la science, l'épouvantait sur ses responsabilités.

En somme, il dépendait de lui de faire cesser la prostration de Savinien : il pouvait, lui, Pierre Anfrey, déchaîner la catastrophe secourable. Et il ne le faisait pas.

Est-ce que par hasard il craindrait pour lui-même les conséquences de l'acte? Avait-il peur, en sauvant, d'être tué par celui qu'il sauverait? car le premier mouvement de Savinien à son réveil serait sans doute de le frapper, quand il lui avouerait sa part dans le péché de la morte. A cette question qu'il sentait sourdre au fond de sa conscience, il haussait les épaules : les Anfrey n'étaient-ils pas les jansénistes de l'honneur, capables de tout, quand le devoir faisait signe du haut de ses sommets?

Mais voilà justement la torture et l'angoisse : la divinité cachait sa face, le devoir ne daignait rien dire à celui qui l'interrogeait. Ou bien, il apparaissait double comme Janus, et il rendait des oracles équivoques. Tantôt il penchait du côté de l'ami à racheter de la démence et de la mort, tantôt il inclinait vers *elle*. La disparue affirmait du fond de sa tombe son droit à rester sacrée éternellement, surtout pour celui qui avait eu le triste bénéfice de sa faiblesse, dans cette heure où la tentation les avait surpris au désert.

Une révolte se mêlait au tourment de son âme.

Quoi? de telles responsabilités, un tel conflit déchirant sa conscience, pour une erreur d'un instant ! A peine s'il pouvait se croire coupable : il n'avait rien fait, en somme, pour séduire Françoise, et, ce jour-là, elle avait péché avec un compagnon anonyme de sa solitude. Péché où sa personne à lui n'avait compté pour rien, et que la femme, tentée par la suggestion de ses nerfs, aurait commis aussi bien avec un autre. Oui, si le hasard l'avait voulu, un autre maintenant, à sa place, douterait, s'angoisserait, torturé, par les contradictions de sa conscience. Pourquoi avait-il été désigné justement pour ce supplice?

Devant la grille, le docteur arrêta et Pierre descendit. Savinien qui rentrait les vit ensemble.

— Gervais t'a parlé de moi? interrogea-t-il.

— Mais non; quelle idée !

— Ne mens donc pas, mon pauvre Pierre : je sais fort bien que je suis ce qu'ils appellent un cas intéressant. Très intéressant, ma foi ! ajouta-t-il avec un triste rire. Sais-tu où j'en suis, Pierre? A souhaiter presque, oui, à souhaiter que ma chère Françoise, au lieu d'être la petite âme blanche que j'ai pleurée, ait ressemblé à tant d'autres... Tu me comprends?... Oui, mon ami, voilà ce que je pense. Parce que, vois-tu, dit-il en baissant la voix par pudeur, si elle n'avait pas été une sainte, si je n'étais pas forcé de respecter son nom comme celui de ma mère, eh bien, malgré mon serment, — c'est affreux de penser ces choses-là, n'est-ce pas, Pierre? — eh bien, je me croirais libre. Ah ! quel lâche je serais si, par bonheur, je n'étais déjà fou !

Ils rentrèrent. Pierre se demandait s'il ne deviendrait pas fou lui-même.

C'est qu'en vérité, la tentation excédait ses forces. Comment ne pas crier à cet ami fraternellement cher, malgré tout :

— Mais tu es libre ! Elle t'a trahi, je t'ai trahi avec elle. Maudis-moi, frappe-moi, méprise-moi si tu veux : ce sera justice. J'ai péché contre une amitié sainte. Mais après, reprends-la, cette liberté que je te rends, va la porter à celle que tu aimes aujourd'hui d'un amour digne de toi. Qu'au moins, avec ma faute et ma confusion, tu fasses du bonheur pour vous deux !

Et l'image surgissait en lui de Mlle de Fleuriel, de la rose pâle et toujours penchée d'avance sous les coups du sort. Celle-là aussi souffrait par son silence. Il l'imaginait aisément, pliée et tout en larmes, après l'orage qui avait passé sur elle.

Est-ce que le martyre de ces deux êtres vivants ne payait pas trop cher le faux honneur de cette morte?

Il ne trouvait plus rien de sa conscience morcelée, dont ces devoirs contraires se disputaient les lambeaux. Alors, il résolut d'aller à ce lui qui pour lui était la Conscience, à son père. Prétextant ses affaires, il quitta Méréglise.

III

Le drame remontait à une quinzaine d'années.

Chargé des intérêts d'une cliente en instance de divorce, Claude Anfrey s'était laissé aller à la compromettre. Le mari, férocement jaloux, contre toute logique, de la femme dont il allait se séparer, attendit la malheureuse au moment où elle allait sortir de chez son défenseur, fit feu sur elle et la tua.

Dans l'ancien esprit de l'Ordre, le fait, pour un avocat, d'avoir séduit une cliente, entraînait le déshonneur. Claude Anfrey, que la magistrature refusa d'impliquer dans l'affaire, tant elle le respectait, se donna lui-même un tribunal ; il voulut comparaître devant une conscience digne de la sienne. Un soir, il appela près de lui son ami le plus cher et, stoïquement, comme un Romain l'eût fait, il lui demanda s'il devait se tuer. L'ami l'écouta ainsi qu'un juge, apprécia les raisons de sévérité et d'indulgence, et finalement lui permit de vivre.

Pierre, alors collégien, surprit de sa chambre voisine la conversation des deux hommes dans la nuit. Il reçut une leçon d'honneur pour toute son existence.

Claude Anfrey vécut donc, mais l'émotion détermina chez lui une crise nerveuse, qui lui laissa une paralysie de la moitié inférieure du corps. Il vécut emprisonné jusqu'à la ceinture dans une gaine, la chair foudroyée, l'âme hautaine et sereine. Son ami, un vieux magistrat, venait souvent le voir. Pierre regardait avec une reconnaissance craintive, après plus de quinze ans, cet homme qui avait tenu entre ses mains la vie de son père et l'avait épargnée.

Près de la Muette, M. Anfrey habitait avec sa fille Claire un petit hôtel en retrait sur l'avenue Henri-Martin.

Ce n'était point par souci du faste. Son état lui rendait indispensable une existence complètement à part ; sa maison lui était une prison confortable, d'où il ne sortait que de loin en loin, quand il se faisait hisser dans une voiture pour une promenade au Bois. Les voisins de l'avenue Henri-Martin voyaient alors une victoria surannée, envoyée à M. Anfrey par son ami le magistrat qui avait équipage, franchir la grille, tourner, puis repasser la porte. L'avocat, qui paraissait très grand assis et encore robuste, était accompagné d'une personne dont la beauté n'avait plus d'âge, sa fille Claire. Était-elle vieille? — On ne pouvait le dire. — Elle ne donnait pas l'impression de quelqu'un qui a déjà beaucoup vécu, mais qui, au contraire, s'est habitué à vivre aussi peu que possible : c'était à peine une femme ; c'étaient des yeux et des attitudes de dévouement, animant une allégorie du sacrifice. Chose étrange : cette figure atténuée, presque dissoute par le renoncement, souriait, était gaie. L'aspect de cette fille sublime était si humiliant pour l'égoïsme des autres, qu'un malaise naissait dans leur respect pour elle. Il y a de ces vertus qui gênent les médiocrités voisines.

Anfrey travaillait ce matin, classant et annotant des dossiers : depuis deux ans que la paralysie l'avait frappé, il n'avait pas voulu lui céder en arrêtant son labeur. Déjà compté alors parmi les meilleurs juristes, l'étude opiniâtre et la méditation incessante dont il occupait sa retraite avaient achevé d'en faire un maître dans les choses du droit. Il donnait à sa clientèle des consultations recherchées, prêtait à ses confrères, pour leurs plaidoiries, le secours de sa science. Il préparait leur argumentation, la nourrissait de sa doctrine, mettait partout, gratuitement, aux mains des inexpérimentés qui livraient leurs premiers combats, un arsenal d'armes juridiques avec lequel ils triomphaient.

Il était l'heure où Claire revenait d'habitude, un peu avant le déjeuner. Claude Anfrey entendit ouvrir et fermer une porte ; une main poussa le tambour de l'entrée de son cabinet.

— C'est toi, Clairette? dit-il.

— Non, père, c'est moi.

Une joie passa en éclair sur le visage paternel, que le regard illumina sous les cheveux trop tôt blanchis ; le buste, avec une étonnante jeunesse de mouvement, se tourna, jailli de sa triste gaine ; tout ce qui vivait encore de cet être [illegible] double. En ce moment, il était transfiguré. Claude avait pour sa fille l'affection un peu distante des hommes d'autrefois pour leur postérité féminine, qui la femme était considérée comme un être tout ensemble inférieur et sacré : bien qu'elle fût toujours là, n'existant que pour son service, il sentait Claire moins près de lui que ce fils qui avait pourtant une vie à part, absorbé par les relations, les affaires, et qui le plus souvent demeurait dans sa garçonnière du quartier Saint-Augustin. Cette préférence, au reste, ne se manifestait pas; elle ne s'accompagnait d'aucune familiarité : Pierre Anfrey, qui allait avoir trente ans, n'abordaits on père qu'avec de la crainte, forme religieuse de son respect.

— Tu es arrivé depuis longtemps? demanda Claude à son fils.

— De ce matin même.

— Et ta première visite est pour moi? Parfait! Allons, embrasse-moi, mon garçon.

Alors seulement, Pierre donna à son père l'accolade permise du retour. Ils causèrent d affaires quelque temps. Puis, le jeune homme, assurant sa voix, dit à M. Anfrey, avec une émotion mal contenue :

— Père, j'ai un conseil à vous demander.

— Toi aussi? Ah! tu sais, je ne donne jamais de consultations le matin : c'est un principe, même pour la famille. Mais je plaisante et tu n'as pas l'air de vouloir rire. Ah! çà, est-ce que tu aurais un ennui? De quoi s'agit-il, voyons?

— De ma conscience, père.

Claude changea d'expression.

— Parle, mon enfant, dit-il.

L attention intense donnant à son visage une rigidité sévère, le trouble de son fils s'en augmenta, il tardait à commencer. M. Anfrey eut une de ces courtes impatiences dont sa maturité, fléchissante déjà, demeurait coutumière.

— Eh bien, voyons, fit-il avec vivacité, je t'écoute.

Puis, tout aussitôt :

— Allons, mon ami, ne t'émeus pas. Tu parles à ton père.

C'était justement ce qui rendait si difficultueuse la confession de Pierre ; pour la recevoir, il eût préféré un tribunal. Il fallait d'abord, devant ce père, accuser une femme, chose qu'il supportait toujours avec une gêne délicate, même lorsqu'il ne connaissait pas la personne incriminée. C'est un sentiment de jadis qui maintenant se comprend à peine, semblable à celui d'un croyant qui entend dire qu'un prêtre a failli. Il y avait aussi la tragique aventure dont le souvenir s'évoquait en lui, chaque fois qu'on faisait allusion à la faute amoureuse : il recommençait ainsi sans fin l'expiation.

— Je suis venu, mon père, dit enfin le jeune homme, vous demander si pour sauver deux vivants, on peut disposer de l'honneur d'une morte,

— Explique-toi,

— Un de mes amis les plus chers aime une jeune fille digne de lui ; elle l'aime. Un scrupule de mon ami les sépare : il a juré autrefois à sa femme mourante de ne jamais se remarier. Or, j'en suis sûr, moi, cette femme ne méritait pas qu'il lui gardât sa fidélité au delà de la tombe ; elle-même avait manqué à la sienne. Je viens savoir de vous, mon père, si je puis dire à mon ami que son serment est nul, car il a été fait, non à l'épouse loyale envers laquelle il croyait s'engager, mais à une autre qu'il ne pouvait connaître, à une femme qui s'était elle-même parjurée en le trahissant.

Claude se taisait.

— Si je parle, continua Pierre, mon ami souffrira quelque temps dans son orgueil et dans la mémoire de son premier amour, mais il redeviendra libre, il pourra être heureux avec une nouvelle compagne Si je me tais, il souffrira toute sa vie, car il adore celle que son serment empêche d'épouser. Quant à la jeune fille, elle ne se mariera pas si ce n'est avec lui : mon silence la condamnera donc à a solitude perpétuelle. Je laisserai ainsi se flétrir deux existences, si je veux garder à une morte l'honneur qu'elle a elle-même dédaigné. Dites-moi, maintenant, quel est mon devoir?

Claude Anfery se taisait encore.

— Et tu dis, articula-t-il enfin, tu dis que tu es sûr de la faute de cette femme?

— J'en suis sûr.

— Prends-y garde. Il ne s'agit pas ici d'une de ces demi-certitudes qui suffisent à un homme jaloux pour condamner une épouse. Il s'agit d'une de ces certitudes complètes sans lesquelles un juge ne peut juger en conscience. L'as-tu, cette certitude-là?

— Oui.

Claude Anfrey le considéra avec une

attention de plus en plus aiguë : de témoin, le jeune homme se sentait devenir accusé, sous ce regard d'une lucidité implacable. Le père le voyait se troubler toujours davantage. Alors il ne douta plus.

Il laissa retomber sa tête sur sa poitrine. Pierre ne se défendait pas : son père n'eût pas pardonné un mensonge. Il respectait cette émotion qui provenait du passé, d'un retour que Claude faisait sur lui-même. A son tour, le fils lisait dans la conscience paternelle ; il savait quel remords sa confession à lui venait d'y raviver. L'erreur de jadis se représentait à la vue de Claude, répétée dans celle de son enfant. Elle était si tragique, cette mémoire, que la moitié encore vivante de l'être incomplètement foudroyé s'écroulait à sa réapparition. M. Anfrey, le front dans ses mains, restait complètement immobile et Pierre, un instant, pensa que la paralysie venait d'achever son œuvre. Mais il releva enfin sa face pacifiée, quoique douloureuse encore.

— Ah ! dit-il, tu m'as fait revivre de terribles heures !

Jamais, jusqu'alors, il n'avait laissé échapper devant son fils la moindre allusion au drame que tout Paris avait connu ; il respectait trop en lui-même la majesté paternelle. Ce fut pour Pierre une nouvelle peine que de l'avoir amené à cette confusion.

— Mon enfant, reprit M. Anfrey, cette faute dont on rit est une terrible faute : certains exemples, tout près de toi, devaient t'en avertir. Cependant, tu l'as commise : je ne puis pas, moi, te condamner, mais je ne t'excuse pas. La société est faite de telle sorte, qu'une erreur comme la tienne... comme la nôtre... qui semble parfois inévitable et fatale, presque indépendante de notre volonté et de notre libre arbitre, porte en soi des conséquences souvent pires que celles des vrais crimes. Ne t'étonne donc pas de ce que tu souffres en ce moment dans ta conscience : tu expies à ton tour, à ta façon. Et tu expieras longtemps.

« Car tu ne peux pas parler, tu ne parleras pas. Tu voudrais aller à ton ami, lui dire : « Oui, je t'ai trahi, mais je me « mets à ta merci ; venge-toi comme tu « veux, nous serons quittes ; d'autant plus « que mon aveu te libère et te rouvre la « voie du bonheur ». Ce serait trop facile. Non, mon pauvre enfant, il faudra que tu te taises, et que tu souffres, et que tu laisses souffrir.

— Pourtant, mon père...

— Tu m'as demandé un conseil, je te le donne. Tant pis s'il est cruel, je ne puis pas le changer. Réponds-moi, Pierre : quand cette femme s'est offerte, a-t-elle eu confiance en toi ou pensait-elle que tu la trahirais, vivante ou morte? Implicitement, tu lui as promis ton silence en acceptant un tel don. Et tu voudrais rompre cet engagement, pour permettre à un autre de manquer aussi à sa parole envers elle? Tu vois bien que ce n'est pas possible.

Pierre ne trouvait rien à répondre. Il s'était déjà dit toutes ces choses : son père lui tenait maintenant le même langage que sa conscience ; il n'avait à leur objecter que des raisons de sentiment, ces raisons que la raison n'admet pas, elle qui seule juge du devoir.

— D'ailleurs, poursuivit Claude, supposons un instant que tu oses franchir cette barrière de l'honneur. Sais-tu quelles peuvent être les conséquences de la révélation, ou plutôt de la dénonciation que tu médites? Sais-tu si au lieu de débarrasser ton ami d'un scrupule, tu ne vas pas mettre dans sa vie un tourment de plus : celui de la jalousie rétrospective? D'après ce que tu me dis, il a presque oublié la morte. Eh bien ! mon pauvre enfant, la nature humaine, du moins chez la plupart des hommes, est si misérable, que plus l'objet de son amour lui apparaît digne et plus elle s'y attache. Peut-être, en l'instruisant de son déshonneur, n'auras-tu fait que rendre ton ami amoureux pitoyablement de celle dont tu lui auras appris la faute. Est-ce pour arriver à cela que tu voudrais déshonorer une morte? Non, n'est-ce pas?

Pierre n'avait pas prévu ce dernier argument, le plus fort. Il pouvait donc empoisonner d'un nouveau mal l'existence qu'il voulait sauver? C'était là, pour son silence, un motif moins héroïque que celui de tout à l'heure, mais d'un poids autrement décisif. Il emporta sa conviction.

— Vous avez raison, père, répondit-il.

A ce moment, Claire entra sans l'apercevoir et se dirigea vers leur père. Le jeune homme la regarda, et il lui sembla qu'il ne l'avait jamais vue, tant elle lui parut, pour la première fois, navrante avec l'impression de vie usée et inachevée qu'elle donnait. Elle se trouvait dans une de ces rares minutes où le fardeau de son dévouement pesait à ses épaules résignées : c'était sans doute l'effet de la douceur excessive répandue dans le clair matin de septembre, qui l'avait ainsi amollie. La tristesse de cette existence manquée serra le cœur de Pierre, et par une naturelle association d'idées, il se représenta le sort identique qui attendait Mlle de Fleuriel, frustrée de son amour.

— Si je parle, songea-t-il, je désespérerai peut-être Savinien, mais si je me tais, je la condamnerai sûrement, elle, à n'avoir ni jeunesse ni bonheur. Dois-je me déterminer d'après la certitude ou la possibilité?

Et il se trouva rejeté du coup vers l'autre terme de l'alternative, conscience désemparée avec laquelle l'océan du doute jouait en ses fluctuations.

Mais son père le regarda, et il crut lire dans ses yeux un ordre absolu. Décidément, il se tairait, malgré les suggestions de la pitié. S'il se trompait, ce serait au moins pour une cause noble, pour avoir cru à l'infaillibilité de l'âme paternelle, interprète du devoir.

IV

Le chagrin fanait l'âme et la beauté de Rose.

Dans son visage exténué, des tons cireux naissaient sous la blancheur de la peau : les lèvres avaient pâli ; un pli de fatigue, coupant la joue, rejoignait les ailes minces du nez, sa courbe élégante, comme celle d'un pétale, s'accusait davantage dans la pauvre figure fondue de maigreur. C'était une face de morte, où les yeux visionnaires, agrandis, brillaient d'une fièvre nouvelle. Mais le plus navrant était ce sourire d'une spectrale beauté, tel que celui des trépassées, qu'on voit, en Italie, transportées par les rues dans leurs cercueils ouverts, et dont le visage rayonne encore sur l'oreiller de fleurs douces qui les caresse. « Quelle belle morte elle fera ! » dit la chanson napolitaine.

M. de Chalus avait emmené la jeune fille loin de Paris, espérant que la vie champêtre endormirait sa peine, par cette torpeur toute-puissante qui se dégage des grandes étendues, des routes blanches, du ciel monotone. Il savait trop qu'une influence morale eût échoué ; il n'en est point qui puisse quelque chose contre un sincère chagrin d'amour. Il comptait uniquement sur l'air vigoureux et le grand soleil, pour étourdir et lasser celui-là.

Il choisit, parmi les villégiatures assez distantes de la capitale, celle de Montfort-l'Amaury, pour l'absolue quiétude qu'elle offrait et la pureté extrême de l'atmosphère. C'est une contrée agreste, verdoyante et profonde, aux beaux vallonnements, qui s'enfonce dans la limpidité des horizons. Sur toute la région passent de grands souffles chargés, suivant les époques de l'année, du parfum violent des blés mûrs, de l'effluve capiteux et délicat émané des sèves printanières, ou de l'odeur des vergers qui mûrissent, savoureuse et nourrissante elle-même comme un fruit.

M. de Chalus fit faire à Rose de longues promenades en voiture, à travers les belles vallées qui s'ouvrent du côté de Gambaiseuil et des Haysettes. La clarté qui habitait ces prairies semblait chanter et vivre, tant elle vibrait d'allégresse. Au bas des coteaux, çà et là, des châteaux s'apercevaient peints en rouge ou en blanc sur le fond glauque, et semblaient commander ces vallées, rappelant les résidences des ducs et des fermiers généraux d'autrefois. Toute cette nature avait l'air d'un domaine de contes de fées, avec les palais et les bois princiers, les pacages réservés aux amours champêtres et les masures des paysans, tachant la plaine d'une misère qui semblait elle-même joyeuse, car elle luisait dans un flottement de soleil.

Mais ces douceurs et ces magnificences n'apaisaient point l'âme de Mlle de Fleuriel : parmi tant de suavité, elle demeurait inconsolée.

M. de Chalus proposait un grand voyage, traçait un programme de vie mondaine pour la rentrée, afin de la distraire par des perspectives de nouveauté, de gaieté. Mais elle se disait trop lasse pour des départs, trop triste pour les fêtes, et elle secouait sa tête fiévreuse sous ses lourds cheveux. Un jour, ne sachant plus qu'imaginer, il se risqua à parler d'un mariage : il nomma Bernard de Chantoceaux.

— Oh ! mon ami ! dit-elle.

Et elle le regarda si douloureusement, qu'il comprit aussitôt sa faute et s'en trouva honteux.

Alors il lui parla :

— Tu souffres encore, mon enfant?

— Oui, mon ami, oui, je souffre.

— Ma pauvre Rose, ma fille !

Une brise plus forte passa. Le désert d'herbages et d'eaux frémit.

— Et moi aussi, Rose, continua le vieillard, moi aussi je suis malheureux, à cause de toi. Plus que tu ne pourrais le croire.

Elle lui pressa la main en silence.

— Tu ne peux pas savoir de quelle façon je t'aime. Tu es ma fille, et même un peu plus que ma fille. Je te chérirais moins si je t'avais engendrée, car je ne devrais qu'à l'hérédité cette filiation qui rattache si mystérieusement ton âme à la mienne ; au lieu d'une œuvre du hasard, elle est celle d'un choix réciproque. Tu es l'enfant que j'ai voulue, je suis le père que tu as élu. Cela est plus sacré qu'un lien de chair. Jamais, Rose, entends-tu, je n'eusse rêvé aussi belle, aussi radieuse intelligence de disciple que la tienne : tu m'as donné cette joie de voir ma pensée marcher, respirer, vivre à côté de moi, vêtue de ta grâce. J'avais toujours souhaité, de préférence à la gloire, cette ivresse de créer une âme à mon image : par toi, je l'aurai goûtée pleine et entière, mon enfant. Ce que je t'ai donné de doctrine, tu me l'as rendu en énergie, en lumière : j'ai mieux aimé la beauté de la sagesse depuis qu'elle s'est confondue avec celle de ton innocence. Sois bénie pour avoir épanoui devant les yeux du vieillard, qui n'avait que toi à chérir, la douceur de ton printemps.

Rose écoutait, mélancoliquement enorgueillie. Naguère une de ces paroles eût suffi à lui faire oublier toute peine. Mais l'amour l'avait changée. Rien ne pouvait plus la distraire de lui.

— Pourtant, reprit le vieillard, j'aurais éprouvé une jouissance austère à résigner ce trésor, dont je n'avais que la garde, en des mains dignes ; à te céder au jeune compagnon de ta vie, selon l'ordre de la nature à laquelle j'ai toujours obéi. Et voilà que celui que tu avais élu toi-même se détourne de toi.

— Ce n'est pas sa faute.

— Je le sais.

— Lui et moi, nous sommes bien malheureux.

Elle inclina la tête vers les eaux mortes, et des larmes germaient sous ses paupières.

— Pardonnez-moi, mon ami, dit-elle, je suis faible comme une enfant. Mais voyez-vous, on peut bien manquer de courage, quand on a perdu les raisons de vivre.

— Rose, je t'en prie !

Une douleur contractait la face de M. de Chalus.

— Que mon affection ne puisse pas remplacer celle qui s'éloigne de toi, ah ! mon enfant, je le comprends trop, soupira-t-il. Mais ne te désespère pas, ne me désespère pas, je t'en supplie. Ne dis pas que tu n'as plus de raisons de vivre, car si cela est, quelles raisons veux-tu que j'en aie, moi? Mon enfant ! ma pauvre enfant meurtrie et désolée, je n'aurai désormais d'autre souci ni d'autre pensée que de te chérir. Tu verras ! Mais je t'en prie, je t'en conjure, ne me décourage pas avec ces paroles. Laisse-moi croire que cette paternité douloureuse, qui est tout pour moi, n'est pas absolument rien pour toi, que ta lassitude s'y appuie, que ta tristesse en est un peu, si peu que ce soit, réconfortée. Laisse-moi penser que ton vieil ami ne t'est pas tout à fait inutile pour t'aider à souffrir. Et tâche de ne pas tant souffrir, ma fille bien-aimée !

— Vous êtes bon.

S'efforçant, elle lui sourit. Après un silence, ils se remirent en marche. Rose allait la première, fantôme de la jeunesse en deuil d'elle-même ; lui, le vieillard, déjà hors de la vie, triste de cette tristesse qui le précédait. Tous deux serraient contre leur poitrine des brassées de bruyères roses, qu'ils rapportaient vers la voiture ; ils s'en allaient à travers bois, pèlerins également douloureux avec leurs charges de fleurs.

V

Pendant la nuit qui suivit le départ de Rose, Vitaline ne dormit pas ; elle avait deviné une catastrophe. La foudre était tombée sur cet amour proche du sien ; elle avait peur à présent pour son ami et pour elle. Mlle de Fleuriel, en s'en allant, lui retirait une protection dont elle avait tant besoin !

Qu'allait-il advenir de son mariage? Pour la Bertrande, elle était toujours une fillette ; la paysanne s'obstinerait à la garder près d'elle, sans souci du vœu de la nature, elle qui n'avait vécu que par sa tendresse farouche pour la comtesse Françoise.

Mme de Méréglise, dont l'austérité en tout temps lui inspirait un tremblement de crainte, allait être encore plus sévère et plus inaccessible à l'indulgence, maintenant que ses inquiétudes sur son fils recommenceraient. Alors, que devenir, que faire?

Fuir avec le chercheur de sources? Elle avait plus de vingt et un ans, elle était libre : personne ne pourrait la retenir. Mais elle ne se sentait pas le courage d'offenser à ce point sa mère et la dame de Méréglise : elle ne voulait pas faire « comme les vilaines filles ». Elle était de celles qui aimeraient mieux mourir de leur amour que d'affronter une autorité longuement obéie, et de passer outre à un scrupule.

Elle se leva avant le jour et sortit dans le jardin. Machinalement, elle tourna les yeux vers la fenêtre du comte Savinien qui était encore éclairée. Il ne s'était donc pas couché? Puis, elle ramena sa vue sur le sol. A ses pieds, la feuille où il avait tracé la confession de ses tortures palpitait doucement. Elle reconnut l'écriture et, se baissant, après avoir jeté un coup d'œil vers la fenêtre et un autre autour d'elle, elle prit le papier, l'enfouit dans son corsage et se sauva vers sa chambre. Là seulement, elle le lut. C'était un secret volé, mais non par une curiosité banale : elle avait pressenti, en accomplissant cet acte, qu'elle allait aider le destin. Une voix intérieure le lui avait commandé.

Elle lisait, et son intelligence si prompte d'amoureuse devançait l'expression des idées. Elle avait entrevu déjà la vérité : Savinien aimait Mlle de Fleuriel avec tout l'élan de son cœur vers l'avenir et vers la vie, mais il se sentait encore attaché à la morte par un invincible scrupule, et cette souffrance éclatait si navrante, qu'elle en oublia un instant ses propres angoisses. Sa détresse à elle venait de fondre et s'abîmer dans celle-là.

Soudain sa figure s'éclaira. Elle avait pensé tout à coup :

— Je le sauverai.

Il fallait que Mlle de Fleuriel fût instruite du péril que couraient la raison et la vie de Savinien : cette lettre qu'il ne voulait pas lui envoyer, pour qu'elle ne souffrît pas inutilement, il fallait qu'elle la reçût. Ce serait elle, Vitaline, qui la lui ferait parvenir. L'amour est tout-puissant. Rose, une fois avertie, saurait bien reprendre Savinien à la démence et à la mort. Comment? ceci n'importait pas. Le miracle regardait Mlle de Fleuriel. Heureuse, Rose aurait à cœur d'assurer, comme elle l'avait promis, le bonheur de sa protégée. L'amour paierait ses dettes à l'amour.

Tandis que la jeune fille réfléchissait de la sorte, déjà gagnée par une exaltation joyeuse, elle vit passer devant sa fenêtre la figure lasse et penchée du comte Savinien. Il l'interpella.

— Vous n'avez rien trouvé dans l'allée, Vitaline? Je crois qu'un papier a dû tomber de ma fenêtre : je l'avais laissée ouverte cette nuit en travaillant.

Sans le moindre embarras, Vitaline prononça le premier mensonge de sa vie :

— Non, monsieur le comte, je n'ai rien trouvé.

Le jour suivant, elle fit part à Juste de son intention. Elle ne voyait plus le chercheur de sources dans le parc, afin de ne pas manquer à sa parole envers Mlle de Fleuriel, et aussi parce qu'elle se sentait surveillée de plus en plus étroitement par la Bertrande : les rendez-vous nocturnes, trop dangereux, étaient remplacés par de rapides entrevues le jour derrière une haie, dans les prés de la vallée, quand Vitaline pouvait y descendre sous prétexte d'une commission pour quelque fermier. Juste subissait le retard de leur bonheur avec une patience faite de sa foi en l'avenir, et de l'invincible fidélité qu'il gardait à sa fiancée. Il savait que cette félicité devait un jour s'épanouir, comme les eaux devaient jaillir à l'endroit où il les avait senties, dans le champ où il avait enfoncé son bâton de route.

— Attendez encore, dit-il à Vitaline quand elle lui eut confié son projet. Laissez à la douleur le temps de faire toute son œuvre sur M. le comte Savinien. Il est nécessaire, pour qu on puisse le sauver, qu'elle l'ait rendu incapable de résistance à son salut. Attendez ! il est trop agité encore.

Les jours, les semaines coulèrent. Ce que prévoyait le chercheur de sources arriva : à la première effervescence du désespoir succéda cet abattement dont le docteur Gervais témoignait sa frayeur à Pierre.

Presque au même moment, Juste dit à sa fiancée :

— Maintenant, agissez ; il est temps.

Dans sa chambre, qu'elle entretenait avec une propreté monastique, près de la fenêtre encadrée de glycines, Vitaline écrivait une lettre à Mlle de Fleuriel. Elle ne craignait pas d'être surprise par sa mère : la Bertrande était partie pour deux heures au moins ; elle avait à passer chez François Maussant, le métayer, dont la fille était de plus en plus malade, et à lui remettre les médicaments ordonnés par le docteur Gervais ; ensuite, la dame de Méréglise l'avait chargée d'une autre commission charitable. Tout cela assurait à Vitaline le temps d'achever sa missive et de la remettre au facteur. Elle écrivait donc posément, d'une écriture mince et longue, car le caprice bienveillant de la nature avait fuselé les doigts de cette jolie paysanne comme ceux d'une châtelaine ; elle mettait à sa tâche un grand effort d'attention : il fallait que sa lettre fût aussi pressante que possible, sans choquer Mlle de Fleuriel par une allusion trop claire à son amour pour celui qu'il s'agissait de sauver.

Parfois la chevelure noire, inclinée sur le papier, se relevait, tandis que les doigts légers tourmentaient le manche de la plume ; la jeune fille, levant les yeux sur l'image dévote qui était l'unique ornement de sa chambre, semblait lui demander le mot qui ne venait pas. Peu à peu, cependant, le feuillet se couvrit de lignes hautes et frêles, la plume courut de plus en plus rapidement, précipitée par l'émotion. En écrivant à Mlle de Fleuriel, Vitaline finissait par croire qu'elle lui parlait, et l'évocation de cette présence bienveillante lui donnait la hardiesse de converser à cœur ouvert avec elle.

Elle se souvenait de la douceur qui l'avait naguère mise en confiance, au point de lui arracher l'aveu de sa tendresse pour le mystérieux chercheur de sources.

La lettre de Vitaline disait :

Mademoiselle,

Je ne sais pas si vous me pardonnerez l'audace que j'ai de vous écrire sans votre permission. La nécessité est mon excuse. Le hasard a fait tomber entre mes mains une lettre que M. le comte Savinien avait commencé de vous écrire, et qu'il ne voulait pas vous envoyer, comme vous pourrez le voir. J'ai commis la faute de la lire, et je vous en fais l'aveu avec une grande confusion. Mais, dans mon respectueux attachement pour vous, j'avais éprouvé une vive inquiétude de votre départ si précipité ; je pensais que la lettre m'apprendrait quelque chose là-dessus, car j'avais l'idée qu'un malheur avait dû vous arriver.

M. le comte Savinien était dans un état bien alarmant, et j'étais bouleversée de le voir ainsi désespéré. Alors, quand j'ai aperçu la lettre qui était tombée par la fenêtre dans le jardin et quand j'ai reconnu l'écriture, je n'ai pas pu m'empêcher de la lire, non pas pour connaître les secrets de mes maîtres, mais parce que j'avais trop peur pour M. le comte Savinien et pour vous. Et, bien que ce que j'ai fait doive vous paraître malhonnête, je ne puis pas dire que je m'en repente, car j'espère qu'une fois avertie du danger où est M. le comte Savinien, vous pourrez, mademoiselle, trouver moyen de le sauver ; cela ne regarde que vous et je ne suis pas assez hardie pour vous conseiller. Mais M. le comte est dans un désespoir qui épouvante Mme la comtesse, et j'en entendu M. Gervais, le médecin, dire à M. Anfrey qu'il fallait s'attendre à tout si on ne parvenait pas à le tirer de son accablement. Je vous demande encore pardon de la peine que ma lettre vous causera ; l'idée de vous faire souffrir, vous qui avez été avec moi la bonté même, me torture le cœur. Mais c'est justement pour cela, mademoiselle, parce que vous avez été si bienveillante pour une paysanne comme moi, parce que vous daigniez m'appeler « votre petite Vitaline », que je ne dois pas vous cacher la vérité, puisque cela pourra vous servir à quelque chose de la savoir.

Si j'osais vous parler de moi, je vous dirais que, moi non plus, je ne suis pas très heureuse, mais cela n'a pas d'importance. Vous, qui êtes si belle, si douce, si charitable aux petites gens, mademoiselle Rose, il n'est pas juste que vous souffriez. J'espère que ce que je vous écris pourra vous être utile : c'est tout mon désir.

Je suis, avec beaucoup de respect et aussi d'affection, si vous daignez me le permettre, votre petite servante,

VITALINE BERTRAND.

Elle mit cette lettre sous enveloppe avec la page fiévreuse et folle tracée par Savinien dans son délire, puis elle écrivit la suscription :

Mademoiselle de Fleuriel, 23 bis, rue de la Ville-l'Évêque, Paris.

Elle jeta un coup d'œil sur l'horloge rustique qui remplissait la chambre de son craquement monotone. C'était à peu près l'heure du piéton : sa lettre à la main elle sortit.

Elle descendait le perron. Comme elle posait le pied sur le sable de l'allée, quelqu'un lui barra le chemin.

La Bertrande entrait.

— Où vas-tu?

D'instinct, Vitaline enfouit la lettre dans son corsage, mais, avant que le geste si prompt fût achevé, Bertrande avait eu le temps de lire l'adresse.

— « Mlle de Fleuriel !... « dit-elle en regardant sa fille. C'est à elle que tu écrivais?... Réponds donc, ajouta-t-elle en lui secouant rudement le bras. Qu'est-ce que tu lui disais? Mais répondras-tu?

Vitaline se taisait : la douleur de sa chair meurtrie par la dure étreinte faisait diversion à son angoisse. Sa mère la lâcha.

— Oh ! je n'ai pas besoin que tu parles, va ! Je sais bien ce que tu lui disais : « Revenez, mademoiselle, M. le comte « Savinien pense toujours à vous et vous « n'aurez pas beaucoup de mal à lui faire « oublier *l'autre*, la morte. La vie est trop « triste, revenez. »

Elle se planta devant elle et la regardant, farouche, son visage tout contre le sien :

— Eh bien ! moi, la Bertrande, je veux que la vie soit triste ici, entends-tu? Je veux qu'on soit grave ici, parce que c'est la maison de la mort. Je n'oublie pas, moi, et je ne veux pas qu'on oublie. Je ne veux pas qu'on soit heureux malgré les trépassés. Ça porte malheur, ce bonheur-là

Vitaline, cette fois, osa répondre :

— Voulez-vous aussi que M. le comte Savinien meure, que Mlle de Fleuriel meure?

— Françoise est bien morte !

Le mot glaça la réplique de Vitaline. Elle regarda, épouvantée, celle qui venait de le prononcer. La Bertrande reprit :

— Donne-moi ta lettre.

— Non, ma mère, répondit la jeune fille.

— Écoute, reprit la Bertrande, tu as tort de t'obstiner avec moi. J'ai le moyen de te soumettre...

Vitaline ne bougea pas, ne réponpit pas.

Une anxiété oppressa la poitrine de la jeune fille, troubla son regard qui se porta sur sa mère, suppliant.

— Ah ! tu t'attends à ce que je vais te dire, tu vois bien. Tu t'imaginais donc que je ne connaissais pas tes amours avec ce vagabond, ce trouveur de sources? Va, il y a beaux jours que je vous surveille. Je ne t'ai rien dit, j'avais mon idée, et puis j'étais sûre qu'il n'y avait rien. Sans quoi !...

— Pardonnez-moi, murmura Vitaline, rougissante de pudeur devant sa mère, elle qui n'avait eu presque aucun embarras à entendre Mlle de Fleuriel lui parler d'un tel sujet, et à lui répondre.

— Il faut m'obéir d'abord. Vitaline, retiens ce que je te dis : si tu persistes à écrire des lettres à Mlle Rose *sur ce que tu sais*, si tu me contraries à ce sujet-là, je raconterai à Mme la comtesse Élisabeth l'histoire de vos rendez-vous. Il y a un maire et des gendarmes dans ce pays-ci : on l'expulsera de la commune, ton chemineau.

Vitaline devint toute blanche. Elle ferma un instant les yeux. Une force de résistance inattendue lui monta au cœur.

— Vous ferez comme vous l'entendrez, mère, répliqua-t-elle tranquillement.

— Ah ! gueuse !

Et elle se jeta sur sa fille pour lui arracher la lettre ; ses mains dures broyaient les doigts frêles crispés sur le corsage, et froissaient sans pitié la tendre poitrine : la Bertrande avait la force d'un homme. Pâle de souffrance et d'angoisse, Vitaline se tordait, se convulsait, luttait héroïquement de tous ses nerfs et de tout son désespoir.

Mais Mme de Méréglise parut.

— Eh bien ! Bertrande?

La servante honteuse remplaça la mère farouche ; le changement fut instantané à ce seul mot. La Bertrande avait lâché Vitaline et se tenait immobile, baissant la tête. Mme de Méréglise reprit sévèrement :

— J'attends que vous m'expliquiez ce que cela veut dire.

La paysanne releva le front.

— J'ai une fille mauvaise, madame la comtesse, je la corrige.

— Qu'avez-vous fait, Vitaline? interrogea la châtelaine.

— Elle aurait trop honte de le dire à madame la comtesse, si elle n'a pas honte de le faire. Elle donne des rendez-vous à un homme presque chaque jour, et je l'ai surprise.

— Quel est cet homme?

— C'est ce Juste qui prétend trouver des sources dans le pays.

— Vous l'avouez? demanda la comtesse à Vitaline, et elle la regardait avec étonnement, tant il y avait de pureté dans le clair visage et les yeux de vitrail, qui se levaient maintenant sur elle, courageux.

— Oui, madame la comtesse. Mais ma mère aurait pu vous dire aussi que ces rendez-vous sont innocents.

La comtesse Élisabeth la regarda encore, longuement.

— Je vous crois, dit-elle. Est-ce tout, Bertrande?

— Non, madame la comtesse. Elle se permet aussi de correspondre, en cachette, avec des personnes pour qui elle ne doit être qu'une servante comme moi. Elle a sur elle une lettre pour Mlle de Fleuriel

La comtesse de Méréglise ne put s'empêcher de tressaillir : ce nom évoquait la ruine de tous ses espoirs.

— Donnez-moi cette lettre, mon enfant, dit-elle simplement à Vitaline.

La jeune fille, sans une hésitation, tira l'enveloppe de son corsage et la lui tendit. Un instinct l'avertissait que Mme de Méréglise était complice.

Celle-ci se tourna vers Bertrande :

— Je vais interroger Vitaline ; elle ne manquera jamais dorénavant au respect qu'elle doit à sa mère, j'en réponds pour elle. Mais je veux être seule pour lui parler. Vous pouvez vous retirer, Bertrande.

La paysanne s'en alla, muette, de son pas d'ombre. A présent, toute tentative pour retarder la marche des choses était vaine : Mme de Méréglise était seule maîtresse de sa décision. La Bertrande, obscurément, sentait flotter autour d'elle de l'irrévocable.

Mme de Méréglise ouvrit la lettre ; ses regards tombèrent aussitôt sur l'écriture de son fils.

— Comment ce papier est-il entre vos mains? demanda-t-elle à Vitaline.

— Je l'ai trouvé sous la fenêtre de M. le comte, répondit celle-ci, la voix un peu tremblante, et je n'ai pas pu m'empêcher de le lire. Quand madame la comtesse l'aura lu aussi, elle me pardonnera peut-être.

Déjà la comtesse Élisabeth dévorait du regard ces lignes où son fils avait confessé à l'amie lointaine, qui ne pouvait l'entendre, les troubles mortels de sa raison, et cette attirance de désir et de crainte qui l'amenait invinciblement vers le gouffre. Mille épouvantes l'agitèrent à cette lecture : elle vit au même instant son Savinien hagard, jouet de la démence qui faisait luire horriblement ses yeux, tordait sa bouche, lui étourdissait le cerveau de son bruit de cloche fêlée, Savinien sanglant, froid, immobile sur une civière, tel qu'on lui avait rapporté de la montagne son père, le suicidé ! Elle poussa un gémissement : « Mon Dieu ! » et sa main passa à plusieurs reprises sur ses paupières.

— Je comprends, dit-elle enfin. Vous vouliez envoyer cette lettre à Mlle de Fleuriel pour qu'elle trouvât dans son cœur le moyen d'arracher mon pauvre fils au désespoir, à la mort qui l'assiège?

— Oui, madame la comtesse, c'est cela.

— Vous voulez donc le sauver, mon Savinien?

— Oui, madame la comtesse, et Mlle de Fleuriel aussi. Ils ont été si bons pour moi tous les deux.

— En quoi?

— Madame la comtesse a bien entendu ce que la Bertrande lui disait tout à l'heure à propos du chercheur de sources?

— Oui, eh bien?

— M. Savinien et Mlle de Fleuriel m'avaient promis de parler à madame la ocmtesse pour la prier de consentir...

— Ah ! oui, c'est vrai, ma pauvre Vitaline, vous aussi, vous avez vos amours, vos projets. Eh bien ! mon enfant, je ne vois pas d'inconvénient à ce que vous soyez heureuse. Cela fera peut-être venir le bonheur pour tout le monde, dans cette maison. Mais nous en reparlerons plus tard, n'est-ce pas? Je suis trop inquiète, trop triste en ce moment. En attendant, soyez-en sûre, votre lettre partira : c'est moi-même qui vais la remettre au facteur. Et priez Dieu pour que votre intention dévouée aboutisse. Je vous promets que, s'il en est ainsi, il n'y aura autour de moi que des heureux à Méréglise. Tenez, voici le piéton : appelez-le !

L'homme enfilait l'avenue de tilleuls et de marronniers. En arrivant près de la comtesse Élisabeth, il se découvrit.

Elle lui tendit la lettre en recevant celles qu'il lui apportait.

— Je vous recommande particulièrement celle-ci, lui dit-elle.

L'homme salua de nouveau et s'éloigna. Vitaline le regarda longtemps marcher sur la route poussiéreuse : il faisait de longues enjambées de montagnard et sifflotait un air de bourrée. A chaque pas, son lourd sac de cuir sautait un peu, remuant les papiers qui s'y entassaient, et qui confondaient pêle-mêle leurs secrets d'intérêt et d'amour. Il semblait à Vitaline que du cabas informe s'élevaient mille petites voix chuchotant des confidences ; une voix plus forte les dominait toutes, celle de cette missive qui allait si loin réveiller la tendresse de Rose et susciter l'action du Destin. Et tandis qu'elle regardait la silhouette de l'homme, lentement diminuée, fondre peu à peu dans la campagne verte et chaude de l'après-midi, il lui sembla que c'était la Providence qui était en route vers un but mystérieux.

VI

Une dame demande monsieur, dit le valet de chambre à Pierre Anfrey.

— Qui est-ce?

— Elle n'a pas voulu dire son nom. C'est une jeune fille.

L'avocat hésita un moment.

— Faites entrer.

Mlle de Fleuriel parut dans l'encadrement de la porte.

La lettre de Vitaline, arrivée l'avant-veille rue de la Ville-l'Évêque, venait de la rejoindre ce matin seulement à Montfort, à cause des lenteurs de la poste. Elle avait eu, en la lisant, la vision du péril : son cœur, dont le chagrin et l'insomnie détruisaient le rythme, avait senti une de ces douleurs que les malades comparent à un coup d'épée passer à travers ses fibres. Elle avait chancelé ; M. de Chalus était près d'elle, il l'entoura de ses bras.

— Qu'y a-t-il? lui demanda le vieillard.

Haletante, elle ne put répondre qu'un mot :

— Lisez.

Elle suffoquait, cramponnée d'une main au marbre de la cheminée, l'autre crispée sur sa poitrine. Il parcourut la missive de Vitaline et la folle confession de Savinien, s'arrêtant parfois pour jeter un regard sur la face torturée, près de lui.

Quand il eut fini :

— Que vas-tu faire? interrogea-t-il

Une voix presque inintelligible lui répondit :

— J'irai trouver M. Anfrey

— Pourquoi?

— Mme de Méréglise m'a dit que, s'il voulait lui parler, il pouvait arracher son fils à la morte. Il faut qu'il le veuille.

Son visage émacié rayonna subitement d'énergie :

— Je le verrai aujourd'hui. Il lui parlera

— Et tu crois qu'il pourra le convaincre?

— La comtesse Élisabeth s'est exprimée d'une façon qui ne laisse pas de doutes. Il dépend de M. Anfrey de sauver

Savinien. Il résistera longtemps, m'a-t-elle dit, avant de s'y décider.

— Cette résistance, je la vaincrai. Il ne s'agit plus de moi, cette fois, il s'agit de *lui*. Nous allons partir. Vous m'accompagnerez jusqu'à la maison de M. Anfrey seulement. Une fois là, j'aurai assez de courage, et il est nécessaire que je sois seule avec lui.

A onze heures, le vieillard et la jeune fille arrivaient à la gare Montparnasse ; ils s'assirent chez un restaurateur, devant un repas auquel Rose ne toucha guère. Puis ils montèrent en fiacre. Anfrey déjeunait de bonne heure, pour avoir plus de temps à donner au travail dans l'après-midi ; sûrement il serait dans son cabinet.

Devant le rez-de-chaussée du boulevard Haussmann, la voiture s'arrêta. Mlle de Fleuriel descendit. Elle venait de retrouver un calme extraordinaire à cette heure où sa vie se jouait. D'un pas affermi, elle s'engagea sous la voûte : elle pressa le bouton du timbre, le valet de chambre parut.

— M. Anfrey?

— Je vais voir s'il est là. Qui dois-je annoncer?

— Dites-lui simplement qu'une dame le demande.

Elle ne voulait pas se nommer, ayant tout à coup la pudeur de cette démarche qu'elle osait. Après l'avoir regardée, le valet de chambre n'insista pas : ce ne pouvait être une aventurière. Il alla prévenir son maître.

L'instant d'après il revint :

— M. Anfrey prie Madame d'entrer.

Elle le suivit ; il lui ouvrit la porte du cabinet de travail. Elle se trouva au milieu d'une pièce décorée sévèrement d'un meuble Empire en palissandre fileté d'or. Pierre était assis à son bureau, devant ses dossiers. Il se leva et ne put réprimer un mouvement de surprise, presque d'effroi, à la vue de Rose.

De toutes les visites, celle de Mlle de Fleuriel était à la fois la plus inattendue et celle qu'il devait redouter davantage. Pour que cette jeune fille vînt chez lui, il fallait bien qu'un intérêt urgent l'y amenât, et le plus impérieux de tous n'était-il pas celui de son amour? Mais comment, par qui savait-elle qu'il y pouvait quelque chose, qu'il dépendait de lui de faire triompher cet amour, ou de le laisser agoniser, dans le désespoir? Il pressentit que Mlle de Fleuriel, à son tour, venait donner l'assaut à sa conscience. Après la comtesse Élisabeth et ses regards muets, plus impérieux qu'un ordre ; après le médecin et l'inconsciente cruauté de son diagnostic sur le mal dont Savinien mourait ; après Savinien lui-même, provoquant l'aveu par ce souhait désespéré d'apprendre que la morte ne méritait pas son sacrifice, et de ressaisir ainsi sa liberté, voici donc que Mlle de Fleuriel venait sans doute lui dire :

— Parlez.

Et dans son âme retentissaient encore les ordres paternels qui lui avaient prescrit le silence.

Dans sa conscience profonde, le drame du scrupule, près de se dénouer à présent, atteignait à une intensité angoissante. Tout son être éclatait sous la pression d'une fatalité qui s'appesantissait sans cesse davantage, comme les eaux s'alourdissent sur les épaules d'un plongeur descendu au fond des mers.

Mlle de Fleuriel n'avait encore rien dit pourtant, mais elle était là avec son visage exténué aux tons de cire, aux lèvres défleuries, aux joues fondues de maigreur, aux yeux trop brillants. A la vue de cette grâce, devenue spectrale à force de lassitude et de douleur, une pitié telle l'envahit que toute autre émotion s'y trouva noyée : il était impossible à la beauté vivante d'approcher davantage de la mort. Celle-là, à l'ordinaire, semblait déjà irréelle : rongée et pâlie par le chagrin, elle devenait effrayante comme un fantôme qui sourirait.

Cependant, Pierre avait avancé un siège à Mlle de Fleuriel, ébauché une phrase d'accueil. La jeune fille lui répondit avec brièveté, de sa voix grave et vibrante qu'aucune épreuve physique ou morale ne parvenait à voiler, et dont le timbre en ce moment paraissait surnaturel, par son contraste avec ce corps presque détruit où les nerfs seuls vivaient encore. Miracle émouvant d'une frêle énergie.

— Je vais vous dire, monsieur, commença-t-elle enfin, pourquoi je suis venue.

Pierre tressaillit : l'instant décisif était arrivé. Il eût mieux aimé se trouver, sans armes, en face de son pire ennemi que de cette jeune fille au visage mort déjà, mais à l'âme indomptée, qui allait l'attaquer par le triste charme de sa jeunesse et de son amour. Rose agonisante dont le parfum enivrait l'âme de pitié, faisant défaillir en elle toute velléité de résistance.

La conscience de Pierre n'avait pas prévu ce dernier combat.

— Je suis venue à vous, monsieur, reprit Mlle de Fleuriel, comme à un ami, un sincère ami de M. de Méréglise.

— Mon dévouement lui est tout acquis, en effet, mademoiselle.

Il ajouta :

— Ainsi qu'à vous.

— Je vous en remercie.

Ils parlaient par phrases brèves coupées de silences, pendant lesquels chacun observait l'autre, et ramassait ses forces, elle pour attaquer, lui pour se défendre. Car cet homme loyal et cette jeune fille si tendre, si pure, si noblement douloureuse, étaient, en réalité, deux adversaires : c'est pourquoi les premiers mots qu'ils échangeaient ressemblaient aux préliminaires du combat entres des duellistes.

— Savinien m'aime, continua-t-elle.

— Il me l'a dit.

— Et moi aussi, je l'aime, prononça-t-elle lentement, fermement, sans baisser les yeux. Au contraire, un regard plus brillant illumina sa face morte.

Elle poursuivit :

— Monsieur Anfrey, il faut nous sauver l'un et l'autre.

— Comment cela, mademoiselle?...

Il parlait d'une voix blanche, qui lui semblait à lui-même étrangère.

— M. de Méréglise, dit-elle, souffre mortellement du conflit de son amour pour moi avec le culte qu'il garde encore à une morte.

— Cela aussi, je le sais.

— Je tiens de sa mère qu'une personne, une seule au monde, aurait assez d'influence sur lui pour le convaincre qu'il peut — qu'il doit — sacrifier l'un de ces sentiments à l'autre, venir librement à la vie qui l'appelle, — à moi.

Le silence se fit de nouveau, plus long, plus solennel.

Mlle de Fleuriel précisa encore davantage.

— Il a juré fidélité à la comtesse Françoise par delà la mort. Une personne, une seule, pour une raison que j'ignore, peut lui dire que ce serment n'est pas valable, qu'il est nul devant l'équité et devant Dieu. Il la croira et ne croira qu'elle.

« Cette personne, monsieur Anfrey, c'est vous.

Le coup attendu était porté.

— Moi? balbutia Anfrey, non, je vous assure... Je ne puis pas.

Mlle de Fleuriel tenait une nouvelle certitude : Anfrey se dérobait, il n'avait pas nié.

— Vous le pouvez, répliqua-t-elle, et il n'y a que vous qui le puissiez. Monsieur Anfrey, la situation est terrible. Dans quelques semaines, le comte de Méréglise votre ami sera fou, ou il se sera tué.

« Tenez, lisez ceci.

Elle tira de son corsage un papier.

— Voici une lettre qu'il m'écrivait et qu'il n'a pas osé m'envoyer : le hasard l'a fait tomber en mes mains. Elle vous dira si j'exagère.

Anfrey lut d'un bout à l'autre la confession tragique. Rose suivait sur son visage le progrès de son émotion.

Il semblait maintenant qu'ils n'étaient plus seuls ; un tiers assistait à leur entretien : l'âme de Savinien, cette pauvre âme de détresse et de folie, était réellement présente. Elle élevait une supplication conforme à celle de la jeune fille : elle réclamait de Pierre la cruauté bienfaisante qui lui donnerait le salut par la torture, comme un malade traqué par la mort vient au chirurgien, ministre de souffrance et de guérison.

Mlle de Fleuriel poursuivit :

— Depuis que Savinien a écrit cette lettre, son état a empiré encore. La fille de la Bertrande m'a écrit pour me supplier de le sauver : aurez-vous pour lui moins de pitié que cette paysanne, monsieur Anfrey ! Refuserez-vous de m'aider à l'empêcher de mourir, moi qui ne puis rien sans vous?

— Mademoiselle...

— Je ne vous parle pas de moi. Pourtant je souffre, moi aussi, monsieur, je souffre !...

Un flot de larmes jaillit de cette âme, soudainement amollie par une lamentable pitié de soi-même.

— Est-ce juste, monsieur Anfrey, que je sois sacrifiée? Je suis jeune, je commence la vie, je n'ai pas eu ma part du bonheur d'exister. Répondez-moi, est-ce juste que j'en sois frustrée, qu'on fasse une couronne mortuaire avec les fleurs de mon unique amour pour la mettre sur une tombe — sur une tombe qui ne mérite pas cet hommage, vous le savez? Vous savez que l'idole est indigne de la superstition qu'elle inspire. Et vous lui voudriez immoler ma jeunesse aimante et aimée? Ah! je la défendrai, ma jeunesse, je le défendrai, mon bonheur: ils ne sont plus à moi, ils sont à un autre qui m'est plus cher que moi-même. Vous qui êtes son ami, interrogez-vous, descendez en votre conscience; demandez-vous si vous avez le droit, en vous taisant, de le condamner à me perdre, moi et la félicité que je lui apportais. Non, n'est-ce pas? vous ne vous sentez pas ce droit-là contre moi, contre nous, contre la vie?

Pierre ne répondait pas. De la brume du souvenir montait en ce moment une vision implacable: celle de Franchard. Dans un désert de pierres, sous le braisillement du ciel, une jeune femme, pour lui sacrée, la femme de Savinien, prise, au contact de la solitude, d'une impétueuse folie d'amour et de détresse, s'abattait tout à coup sur sa poitrine, et lui murmurait les mots irréparables qu'il répétait après elle. Puis, il apercevait une chambre de malade, un lit, une mourante aux yeux clos; c'était cet amour d'une heure, déjà presque cadavre, et que pieusement il baisait au front. Il fallait maintenant le déshonorer, dénoncer celle qui ne pouvait plus se défendre, projeter dans les régions de la mort la rouge torche du scandale: voilà ce que les vivants réclamaient de lui. Qu'importait que cela fût nécessaire, puisque c'était impossible! — Le silence durait, traversé d'un roulement de voitures, d'une querelle de la rue, d'un rire d'ouvrières attardées aux étalages. Le fleuve de l'existence parisienne déversait ses flots de bruit autour de ces murailles, de cette chambre sévère où deux êtres, deux adversaires, face à face, se taisaient.

— Eh bien, monsieur? interrogea Mlle de Fleuriel.

— Eh bien, mademoiselle, Mme de Méréglise s'est trompée, je n'ai rien à dire.

Mlle de Fleuriel se leva.

— Monsieur Anfrey, je ne vous crois pas.

— Si, mademoiselle, il faut me croire, je vous en supplie.

Ce fut un gémissement plutôt qu'une réponse. La phrase d'Anfrey voulait seulement dire: « Ne me faites pas souffrir davantage, n'insistez plus. Si je pouvais parler, je parlerais, mais vous voyez bien que c'est impossible. »

Mlle de Fleuriel ignorait que cet homme avait été le complice des torts ineffaçables de la morte, qu'il lui faudrait en l'accusant, elle, s'accuser plus gravement lui-même; que, surtout, il lui faudrait commettre cet acte, le plus lâche de tous pour une conscience virile: flétrir celle dont il avait recueilli le baiser, déshonorer une morte pour une faute dont il avait profité tristement.

Elle soupçonna pourtant un peu de la vérité: elle pensa que Pierre avait pu aimer la comtesse Françoise, mais chastement, comme Savinien l'aimait, elle-même, et qu'à cause de cela il lui était impossible de prononcer sur elle la parole impitoyable et salutaire, qui aurait rendu à M. de Méréglise sa liberté.

— Je devine la cause de votre résistance, répondit-elle. Vous vous souvenez d'avoir été l'ami de Françoise, et vous hésitez devant une révélation dont souffrira sa mémoire. Soit! mais rappelez-vous donc aussi, monsieur, que vous êtes l'ami de Savinien. Vous lui donneriez, je le sais, votre temps, votre fortune, votre sang, s'il arrivait qu'il en eût besoin Sacrifiez-lui donc un scrupule.

— Mais, mademoiselle, répéta-t-il avec moins d'assurance que la première fois, puisque je n'ai rien à dire...

— Si, monsieur, vous avez quelque chose à dire à Savinien. Vous avez à lui dire qu'il nous immole tous les deux à une chimère, que la religion du serment ne tient pas contre une erreur de personne, quand il se trouve que celle à qui l'on a juré n'est pas celle que l'on croyait. Vous avez à lui dire qu'il est libre, et vous le lui direz.

Anfrey secouait encore la tête, mais elle s'aperçut que sa résistance se lassait. Le visage de cire blanche se tourna vers lui, les émeraudes du regard étincelèrent.

— Vous savez bien, articula-t-elle implacable, que vous devez la vérité à votre ami, à la justice éternelle. Avez-vous vu des témoins se récuser devant les tribunaux? Est-ce parce qu'il n'y a pas de juges ici que vous vous croirez affranchi du devoir qui incombe à tout honnête homme, possesseur d'un secret auquel la vie des autres est attachée : promulguer la vérité qui sauve?

Elle continua sur un ton de supplication passionnée :

— Non, monsieur Anfrey, il n'y a pas ici de juges : c'est votre conscience qui siège seule au prétoire.

Et plus douloureusement :

— Il y a aussi devant vous une pauvre créature qui souffre.

« Regardez-moi.

Machinalement il obéit.

— Il s'en faut de bien peu, n'est-ce pas, que je sois semblable à la morte dont le respect vous arrête? C'est encore une vivante qui vous implore : qui sait pour combien de temps? Je suis une malade, presque une mourante; M. de Chalus, qui se désespère à cause de moi, ne connaît pas encore, heureusement, le degré de mon mal. Déjà, pour moi, la vision du monde s'affaiblit et s'éloigne : je le vois fuir comme une rive. Ce qui me reste encore d'énergie vibre dans une aspiration de tout mon être vers ces bords. J'y aperçois quelqu'un qui m'appelle et qui ne peut pas venir à moi, quelqu'un dont les pieds sont enchaînés par un lien de scrupule plus fort qu'une entrave de fer. Nos deux âmes s'attirent à travers l'espace, désespérément. Savez-vous que c'est là un supplice effroyable, et qu'on en meurt? Vous qui craignez tant les reproches de la tombe, vous entendrez bientôt ceux de deux morts que vous aurez faits. Vous avez lu sa lettre, à *lui* : qu'en pensez-vous? Et moi, je suis là, en face de vous : regardez-moi.

De nouveau, Pierre, écroulé dans son fauteuil, leva les yeux vers le visage de Rose. Une beauté déjà promise au sépulcre y rayonnait. Nuit et jour, la douleur, la fatigue, l'insomnie, en avaient sculpté le lent chef-d'œuvre ; le passage des pleurs se devinait sur cette limpidité céleste, l'âme avait dévoré la chair ; elle rayonnait comme une aurore dans sa splendeur blanche. Il ne put supporter l'éclat d'une telle souffrance ; la pitié surhumaine l'éblouit.

— Ah ! gémit-il, si vous ne me demandiez que ma vie !

— Justice et humanité, voilà ce que je vous demande. Ne me repoussez pas, *mon ami.*

La douceur inattendue de ce mot, tombant tout à coup de cette bouche torturée, fondit sa dernière velléité de résistance.

— Soit, je parlerai, prononça-t-il presque indistinctement.

— Oh ! merci !

Deux faibles mains transparentes avaient saisi la sienne.

— Attendez avant de me remercier, dit-il. Qui sait quels troubles ma parole va déchaîner dans l'âme de Savinien? Je crains qu'elle ne le rejette par la jalousie, par la colère, dans l'ancien amour. Si cela était, vous vous souviendriez seulement que je vous ai obéi.

— J'ai confiance, répliqua-t-elle. La main que je serre est celle de notre sauveur à tous les deux.

— J'ai besoin de le croire, de me rattacher à une espérance. Ce n'est pas seulement un scrupule que je vous sacrifie, c'est mon amitié la plus chère, c'est une fraternité véritable. Savinien ne me pardonnera jamais ce que je vous ai promis de lui dire.

— Même quand il sera heureux par vous, avec moi?

— Même alors. J'en suis sûr. Quand j'aurai parlé, nous serons ennemis pour toujours. Ne m'en demandez pas davantage.

La vérité apparut dans un éclair à Mlle de Fleuriel.

Serait-ce donc Pierre qui aurait recueilli le bénéfice des torts de la morte envers Savinien? Serait-ce l'aveu qu'il allait lui faire?

C'était si effrayant qu'elle n'osa pas l'interroger.

Mais une terreur l'envahit toute : que se passerait-il entre les deux hommes devenus ennemis? Elle eut la vision d'un duel à mort.

— Quoi qu'il arrive, balbutia-t-elle, jurez-moi d'être calme, même si Savinien...

si M. de Méréglise se laissait égarer par la violence de la première impression, s'il vous adressait une parole offensante.

Pierre sourit tristement.

— Soyez tranquille, mademoiselle. Je vous ai promis que je sauverais Savinien, je ne m'exposerai pas à le tuer. Nous ne nous battrons pas.

De nouveau, Mlle de Fleuriel lui serra la main longuement.

— Adieu, mademoiselle ; je pars ce soir pour Méréglise.

— Adieu, monsieur.

Il y eut un silence. Puis il ajouta :

— Nous ne nous reverrons probablement plus jamais. Je vous demande votre souvenir et votre estime, mademoiselle de Fleuriel !

— Dorénavant, répliqua-t-elle, vous êtes, après celui qui m'a élevée, le plus cher de mes amis, vous mon ami pour toujours perdu.

— Adieu, dit-il une fois encore.

Elle sortit.

— Eh bien ! lui demanda M. de Chalus, comme elle revenait vers la voiture.

— Il parlera à Savinien, il me l'a promis.

— Ah ! quelle joie ! tu es heureuse, mon enfant?

Elle s'asseyait près de lui.

— Oui, mon ami, répondit-elle, mais j'ai peur que mon bonheur ne lui coûte trop cher.

— Comment?

— A travers ce qu'il vient de me dire, j'ai entrevu la vérité. M. Pierre Anfrey, en accusant la morte, devra s'accuser aussi lui-même. Avez-vous compris?

— Je m'en doutais, répliqua M. de Chalus.

Il se tut quelques secondes.

— Je devine ce qui se passe en toi, continua-t-il. Tu as remords d'accepter un tel sacrifice. C'est bien un sentiment digne de toi. Mais il ne faut pas que tu en sois tourmentée. Dis-toi que M. Anfrey y était obligé, non pas même pour toi, mais pour satisfaire à la justice des choses. Un tel secret appartient à tous ceux qui ont intérêt à le connaître. Celui-là n'était pas seulement à la morte et à lui : il était à Savinien, envers qui tous deux avaient péché, il était à toi dont la destinée tient à celle de Savinien. Le silence profitait au seuls coupables, l'aveu était nécessaire au salut des innocents. C'est leur cause qui l'emporte : quoi de plus juste? Tu n'as rien à regretter ; tu as montré à M. Anfrey son vrai devoir, qu'un instinct l'empêchait d'apercevoir clairement : celui qui pousse toujours un homme à sauvegarder malgré tout l'honneur de celle qui l'a exposé pour lui. Tu lui as fait comprendre que les droits de la vie priment ceux de la mort.

— Je n'en ai pas moins des craintes. Que va-t-il arriver entre eux? Il m'a promis de ne pas se battre, je ne redoute donc rien pour Savinien. Mais lui?

— Un gentilhomme ne frappe pas celui qui s'offre à sa merci. D'ailleurs, veux-tu que je te dise pourquoi M. de Méréglise ne tuera pas M. Anfrey?

Il eut un léger sourire.

— C'est parce qu'il t'aime. Allons, mon enfant chérie, rassure-toi, espère. Si quelqu'un souffre par la lointaine conséquence de ses actes, prends-en pitié, mais n'en sois point troublée. Depuis tant de semaines, tu as pleuré chaque jour ; tu as versé ton compte de larmes pour toute une vie, et désormais tu ne dois plus que sourire. La joie, vois-tu, n'est vraiment la joie que pendant le printemps de nos existences. Après, on peut être heureux encore, si le destin y consent, mais on ne peut plus être joyeux. Donc, espère, et ne rebute pas d'une appréhension inutile le bonheur qui est en route vers toi.

Ainsi parlait M. de Chalus, tandis que la voiture glissait dans le clair après-midi de septembre, et Mlle de Fleuriel, déjà gagnée à l'espoir, exaltée par une fièvre d'attente, l'écoutait. Peut-être n'était-elle pas tout à fait convaincue et gardait-elle son inquiétude au fond d'elle-même, mais les paroles du vieillard donnaient le change à ses pensées, et coloraient son imagination de leur propre sérénité

VII

Dans le bureau télégraphique de la Madeleine, Pierre Anfrey écrivait sa dépêche. Il était cinq heures du soir ;

à ce moment de la journée, le crasseux local devient méconnaissable : on y voit soudain affluer toutes les élégances parisiennes ; on se croirait à un thé de la rue de Rivoli ou des Champs-Élysées. Entre deux visites chez les couturiers ou les bijoutiers de la rue Royale, avant de se rendre à un five o'clock, ou en sortant d'une exposition de peinture, rue de Sèze, les mondaines entrent là pour expédier leur correspondance urgente.

Pendant cette halte d'un instant, à peine posées, elles tracent de brèves missives qui signifient l'amour, l'abandon, la rupture, la vie ou la mort. Il suffit qu'une femme pénètre dans un bureau de poste, griffonne trois lignes sur un morceau de papier et le laisse tomber, du bout des doigts, dans la fente presque invisible qui a déjà englouti tant de secrets : aussitôt, les rouages de la fatalité se mettent en marche, et la comédie ou le drame se précipite vers le dénouement.

Autour de Pierre, devant la planchette de bois noir, se penchaient les bustes allongés par la svelte élégance de nos modes ; des nuques s'inclinaient sous les panaches bougeurs des grands chapeaux, et de petites mains toutes gantées luttaient contre les plumes ébréchées qui taquinaient leur impatience, égratignant le papier au lieu de le noircir. Un concert de ces parfums clairs et frais que l'anglomanie a fait partout adopter montait dans l'air. Pierre ne remarquait rien : il écrivait fiévreusement sa dépêche à Savinien.

Affaire urgente. Arriverai demain heure inconnue. Inutile venir à la gare.

Il porta le télégramme à l'employé. Celui-ci compta les mots, supputa les frais, puis avisa Pierre qu'il y aurait un exprès à payer, Méréglise n'ayant pas de bureau télégraphique. Anfrey, dans son émotion, ne se l'était plus rappelé. L'employé consulta un livre, recommença un nouveau calcul, laborieusement : il était nouveau et malhabile. Pierre crut que cela ne finirait jamais. Enfin il put payer et sortir.

Il se rua hors du bureau et se mit à marcher dans la direction de la rue Royale à grands pas, afin de calmer l'exaspération de ses nerfs.

Non qu'il lui demeurât la moindre trace de ses anciens scrupules : il oubliait maintenant la morte, immolée aux droits supérieurs des vivants. Cela n'était pas douteux pour lui désormais : son vrai devoir était bien celui que lui avait indiqué Mlle de Fleuriel ; il avait le sentiment d'accomplir un acte nécessaire, trop longtemps différé. Et pourtant, jamais la cruauté de sa situation ne lui avait paru telle.

Ce qu'il pleurait en lui-même, c'était son amitié avec Savinien pour toujours brisée, ce commerce d'affection virile et pourtant si tendre, dont la douceur lui était devenue nécessaire. Depuis des années leurs deux âmes s'étaient unies et comme fondues; ils mettaient en commun leurs sentiments avec une confiance charmante. La trahison involontaire de Pierre, le souvenir cruel de ses torts envers Savinien, n'avaient fait que jeter une ombre de cauchemar sur une amitié sans la détruire. La pensée qu'une telle fraternité ne durerait pas au delà de cette journée, que Savinien allait le haïr irrémissiblement, le torturait plus que tout le reste. Et cela était fatal, inévitable. Ainsi qu'il l'avait dit à Mlle de Fleuriel, son ami, même heureux, ne pouvait pas lui pardonner après l'irréparable aveu. Se perdre ainsi pour toujours dans l'âme de celui dont l'amitié lui était si précieuse, n'était-ce pas un peu comme un suicide?

Place de la Concorde, il eut une hésitation. Irait-il voir son père avant son départ? Non, il craignait en ce moment de se trouver devant celui auquel il allait désobéir. Il monta à son cercle, et dans la salle de lecture écrivit un mot annonçant son voyage : il le remit à un valet de pied pour le jeter à la poste. Dans ce billet, il n'osait pas avouer qu'il allait à Méréglise : il lui semblait que son père avait deviné, lors de leur conversation, le nom de la morte et celui de l'ami qu'il s'agissait de sauver.

Jusqu'à l'heure du départ, il occupa le temps par des visites et des courses, qu'il fit toutes à pied. Il dîna au restaurant, alla ensuite retrouver quelques amis au café, et revint chez lui juste à temps pour faire sa valise. Ses préparatifs achevés en quelques minutes, il se fit conduire à la gare de Lyon.

Le voyage de nuit fut un long cauchemar trépidant comme la marche du train, traversé de ces réveils lancinants, en coups de couteau, tels qu'en peuvent avoir les désespérés dans la nuit qui précède le suicide.

Le matin se levait dans le brouillard, quand il arriva à Randon. Il sauta dans une voiture de place, et donna au cocher l'ordre de le conduire à Méréglise.

L'homme maugréa : la voiture était pitoyablement attelée pour une si longue course. La montée jusqu'au château, dans la brume et le froid désagréable du matin, fut un interminable calvaire.

Ce fut la comtesse Élisabeth que Pierre aperçut en arrivant à Méréglise. Elle était seule. A sa vue, elle ne put réprimer un mouvement de joie, comme d'une délivrance.

Elle lui prit la main.

— Vous êtes le bienvenu, dit-elle. Il y a longtemps que je vous attendais.

— Madame...

— Je savais que vous viendriez. J'avais peur seulement que ce fût trop tard. Grâce à Dieu, il n'est pas trop tard. Ne perdons pas de temps en explications inutiles. Vous venez sauver mon fils, n'est-ce pas? Vous avez vu Mlle de Fleuriel?

— Oui, madame.

— Elle vous a dit que Savinien se mourait de chagrin, faute de savoir un secret que vous croyiez devoir garder pour vous seul, un secret dont la révélation l'accablerait d'abord, et le guérirait ensuite. C'est pour le sauver que vous êtes venu, pour parler à Savinien?

— C'est vrai.

— J'ai inspiré la démarche de Mlle de Fleuriel près de vous.

— Je le sais.

— Il y a deux ans, monsieur Anfrey, que je connais la vérité. J'étais auprès de Françoise mourante, lorsqu'elle vous appelait dans son délire, au lieu de son mari. J'étais dans sa chambre quand vous l'avez embrassée sur son lit d'agonie, vous croyant seul.

Pierre baissa la tête. La comtesse Élisabeth reprit :

— Et depuis qu'elle n'est plus, je vous ai observé. Toujours je vous parlais d'elle, exprès. Je suis femme, monsieur Anfrey, ou du moins, je l'ai été avant de n'être plus qu'une mère : je ne pouvais pas m'y tromper. C'était bien vous qui aviez eu l'amour de cette morte.

Il se taisait. Elle continua :

— Eh bien : jugez-moi comme vous voudrez, je n'avais pas, je n'ai pas maintenant davantage la force de vous le reprocher. Ma conscience de chrétienne, monsieur Anfrey, n'a pas le courage de vous condamner pour une faute à laquelle mon fils devra le salut. Je n'arrive pas à détester le péché de la morte et le vôtre, puisque mon fils va être racheté par lui du désespoir, de la démence, de la mort. Dieu me jugera pour ce sentiment, qui n'est ni d'une croyante ni d'une femme de ma race. Quand il ne s'agit que de moi, j'essaie d'agir et de penser selon notre vieille loi d'honneur; quand il s'agit de Savinien, je deviens lâche.

Après un silence, elle ajouta brusquement :

— Quand lui parlerez-vous?

— Dès que vous le voudrez, madame.

— Le mieux sera, je crois, que je vous laisse ensemble après le déjeuner... Taisons-nous, voilà mon fils qui rentre.

Savinien revenait d'une course matinale : il hâta le pas en apercevant son ami ; il s'efforça de lui sourire et lui tendit la main.

— Te voilà pour quelque temps, j'espère, dit-il.

— Je ne crois pas, répondit Anfrey. J'ai laissé là-bas de grosses affaires. A propos, celle dont je t'ai parlé, — ce poste en Indo-Chine, tu sais?

— Oui.

— Eh bien, je crois que cela va se conclure.

— Ah ! tu te décides à aller là-bas?

— Oui, c'est si tentant, que veux-tu?

La préoccupation douloureuse de Savinien l'absorbait au point de le rendre presque insensible à l'annonce de ce départ.

— C'est vrai, dit-il, tu es le meilleur juge de tes intérêts.

Puis il ajouta — politesse instinctive plutôt que mouvement du cœur :

— Mais cela m'afflige beaucoup ce que tu me dis là, mon pauvre Pierre.

— Que veux-tu?... répliqua l'autre, aussi gêné que Savinien paraissait distrait.

— Et cette autre affaire pour laquelle tu es venu?

— Nous en causerons tout à l'heure.

Il restait deux heures encore avant de se mettre à table. Ils restèrent au jardin. Entre Savinien, de plus en plus absorbé, et Pierre tout palpitant d'une émotion croissante, la causerie se serait vite éteinte sans l'intervention de Mme de Méréglise, plus maîtresse d'elle-même, bien qu'elle eût le cœur également travaillé d'angoisse. Ce fut un de ces moments qui précèdent le drame, et qui sont plus émouvants que le drame lui-même, à cause de l'attente formidable qui s'y accumule. Cependant, nul dramaturge ne les a jamais décrits. La vie pèse alors d'un poids effrayant sur les hommes, comme l'orage en formation s'appesantit sur les êtres et les choses.

Enfin l'heure du déjeuner sonna : on passa dans la salle voisine, Mme de Méréglise avait placé Pierre à sa droite, en face de Savinien ; elle lui parlait pour ne pas lui laisser le temps de songer à l'entretien terrible qui allait suivre, et l'empêcher d'user son courage à l'avance.

Aussitôt le repas achevé, elle se leva.

— Nous serons mieux pour causer dans mon cabinet, dit Savinien.

— Comme tu voudras.

Mme de Méréglise s'était approchée de Pierre. Elle lui dit rapidement à l'oreille :

— Ayez du calme pour vous et pour lui, je vous en prie.

— Madame, répondit-il, j'ai fait déjà cette promesse à Mlle de Fleuriel. Je me laisserai tuer par lui plutôt que de me battre.

Elle le remercia silencieusement d'une pression de main, puis elle lui souffla :

— Venez me retrouver à la chapelle, aussitôt après.

Elle s'éloigna. Les deux hommes traversèrent le couloir. Savinien poussa une porte, et fit entrer son ami dans une pièce pleine de livres. Le jour y tombait d'une verrière en sanglots de pourpre. Il flottait cependant dans les recoins on ne savait quelle ombre chargée de rêverie. Il sembla à Pierre que l'air lui manquait tout à coup.

— Je t'écoute, lui dit Savinien.

Ils s'assirent devant la grande table de travail. En face d'eux le portrait de Françoise de Sénanges fillette se trouvait accroché à la muraille. Celle que Pierre allait accuser était là, devant lui, dans l'innocence toute blanche des années puériles, et cela donnait par avance quelque chose de sacrilège aux paroles cruelles qu'il allait prononcer. Dès maintenant, semblait-il, le regard limpide de l'enfant protestait, silencieusement.

La vérité ne serait-elle plus vraie? La justice ne serait-elle plus juste? Pierre subit une dernière crise de doute, plus terrible que toutes les autres, pendant cette minute. Pour ne pas succomber, il ramena bien vite ses yeux du portrait sur la face ravagée de son ami. Alors, la douleur vivante qu'il avait devant lui lui fit oublier ces vains prestiges de la mort.

— J'ai vu hier Mlle de Fleuriel, prononça-t-il.

Savinien tressaillit et ne répondit pas.

— Elle est toujours triste, continua-t-il. Elle souffre comme toi, et de plus en plus.

Savinien releva la tête et jeta sur lui un lent regard de reproche.

— Pourquoi me dis-tu cela? répliqua-t-il.

— Elle t'aime, mon ami, autant que tu l'aimes encore.

— J'espérais que non.

— Tu t'es trompé.

— Tu aurais bien pu me laisser cette croyance, puisque tout est fini, puisque je ne peux rien pour elle ni pour moi. Tu es donc venu pour me désespérer?

— Je suis venu te faire connaître ton vrai devoir, te dire que tu n'as pas le droit de laisser se prolonger cette agonie.

— Ai-je donc le droit de me parjurer? J'ai fait un serment irrévocable.

— Es-tu sûr qu'il le soit?

— C'est un serment. Comment? est-ce toi, un Anfrey, qui me poses cette question?

Il y eut un silence. Pierre ramassait toute sa force afin de proférer la parole décisive, celle qui entraînerait tout le reste de l'aveu. Il eut une seconde de lucidité extraordinaire : la nécessité de la révélation et ses conséquences lui apparurent aveuglantes de clarté.

Trois existences, la sienne, celle de Savinien, et celle de Rose, allaient être changées pour jamais par les mots qui se pressaient sur ses lèvres.

Ces mots jaillirent enfin :

— Ton serment est nul, articula-t-il. Puis il attendit.

Savinien n'éprouva d'abord qu'une stupeur.

— Qu'est-ce que tu as dit? Ce n'est pas toi qui as parlé? Nul ! un serment que j'ai fait en toute liberté et répété cent fois à une mourante? J'étais désespéré, c'est vrai, mais conscient, pleinement conscient de mon sacrifice ; je l'ai voulu, je m'en suis enivré dans une joie d'immolation. Je ne t'ai pas bien entendu, Pierre.

— Écoute, reprit celui-ci : à qui l'as-tu fait ce serment-là? A une femme que tu adorais pour sa pureté plus encore que pour sa grâce, n'est-ce pas? à une créature d'innocence parfaite, à une sainte?

— Oui. Eh bien?

— Eh bien ! ce n'est pas elle qui l'a reçu.

— Comment? Suis-je déjà fou? Est-ce toi qui déraisonnes? Ce n'est pas elle qui a reçu mon serment?

— Non, Savinien. Ce n'est pas elle. C'est une femme qui en était indigne, indigne, entends-tu?

— Misérable !

Il s'était levé, il se cramponnait à la table de ses deux mains crispées, comme s'il se fût retenu de bondir sur Pierre, qu'il regardait dans les yeux avec toute sa haine subite. Tout à coup, il poussa un rire de folie.

— Ah ! je devine, c'est dans mon intérêt, cette infamie-là, c'est pour me sauver. Tu m'as entendu formuler, dans une minute de démence, ce souhait monstrueux d'apprendre que Françoise ne méritait pas mon sacrifice, parce que, si cela était, je pourrais lui reprendre ma parole. Et alors, tu t'es dit, dans ton amitié dévouée, oh ! trop dévouée : « A merveille ! inventons sur cette morte quelque calomnie qu'elle ne pourra pas détruire : le désir de ce pauvre fou sera satisfait. » Tu m'as donc cru bien lâche, dis? Tu ne me connais pas encore... J'ai pu être assez malheureux pour rêver cette chose dans ma folie, mais, quand on me prend au mot, quand on m'apporte un mensonge combiné pour me débarrasser de la morte en la souillant, crois bien que je suis encore capable de rejeter l'ordure à la face du menteur et du faux ami.

— Je t'ai dit la vérité, répondit Pierre simplement.

— Tu as menti.

Pierre ne releva pas cette injure.

— Tu perds ta vie et celle d'une autre, continua-t-il, pour un vain scrupule, Savinien. Longtemps j'ai hésité, j'ai reculé devant la révélation nécessaire. Mais je n'hésite plus.

Savinien marcha sur lui.

— Je te répète que tu mens. Tu viens de causer avec ma mère ; je vous ai bien vus. Est-ce que, par hasard, ce serait elle qui t'aurait conseillé de...? Oh ! non, ce serait trop horrible, je ne peux pas le croire... Contre une morte... Non. Elle la haïssait, je le sais, mais cela !... Non.. Réponds : c'est de toi-même que tu es venu?

— Oui.

Il le prit à l'épaule, et le secouant :

— Mais, misérable, quand on affirme ces choses atroces, on les prouve. Je veux des preuves, entends-tu?

— La faute n'a eu qu'un seul témoin : c'est moi.

— Mais c'est impossible ! tu vois bien que tu mens. J'étais toujours près d'elle : je ne l'ai jamais quittée qu'une fois, pendant la seconde année de notre mariage, quand je l'ai laissée à Fontainebleau.

— Ce fut pendant cette absence.

— Mais elle ne recevait personne, elle ne voyait que sa parente, Mme de Sancé et toi. Toi seul !

Il s'arrêta une seconde, puis le regardant :

— Est-ce que...?

Pierre baissa la tête.

Savinien levait le bras pour le frapper ; il ne fit aucun mouvement pour prévenir le coup. Il dit seulement :

— Fais tout ce que tu voudras : je ne me défends pas.

Le bras de Savinien était déjà retombé. Mais il s'approcha encore de Pierre. Sa face fiévreuse était maintenant contre la sienne.

— Dis-moi, où, comment !

Désormais impassible devant l'irrévocable Pierre raconta.

Savinien l'écouta sans l'interrompre.

— Nous nous battrons, dit-il.

— Je ne veux pas me battre.

— Tu n'es qu'un lâche.

— Tu sais bien que non. Mais tu peux m'insulter, tu as tous les droits sur moi à présent. Mon heure est venue d'expier, pour moi et pour elle, puisqu'elle n'est plus là.

Savinien le laissa ; il se mit à marcher d'un pas de folie à travers la chambre. Il se retrouva en face du portrait de Françoise enfant ; ses yeux se portèrent sur le visage innocent de la fillette.

— Ah ! menteuse ! s'écria-t-il. Voleuse d'amour ! Voleuse d'honneur ! Tiens !

Il arracha le cadre de la muraille et le jeta à terre ; le verre se brisa. Il levait le talon pour écraser l'image. La main de Pierre le toucha :

— Elle est morte, dit-il.

Mais la porte venait de s'ouvrir ; ils virent entrer la Bertrande.

— Que voulez-vous? cria la voix furieuse de Savinien.

— J'ai entendu du bruit, dit-elle, et je suis venue.

— Sortez ! cria-t-il. Sortez et emportez ceci. Jetez-le !

Du pied, il poussa vers elle la relique brisée.

La Bertrande s'agenouilla, ramassa le portrait avec respect, le baisa silencieusement. Puis elle se releva, regarda Pierre avec tout ce qu'une âme peut contenir de haine. Elle avait entendu les dernières paroles de l'entretien : elle avait compris qu'il venait de tuer Françoise une seconde fois.

Silencieuse toujours, elle sortit.

— Et dire, continua Savinien d'une voix sourde, que je lui ai donné cinq années de ma vie, cinq années d'adoration continuelle! Pendant cinq années, il n'y a pas eu dans mon existence une seule pensée qui n'ait été inspirée d'elle. Ensuite, quand elle n'a plus été qu'une morte, elle m'a pris ma raison, ma liberté, le reste de ma jeunesse : elle m'a interdit l'espoir d'un nouveau bonheur. La voilà, celle que j'ai aimée !... Elle le savait pourtant bien que je l'aimais ainsi ! Et un jour, sans passion pour un autre, sans haine contre moi, uniquement parce qu'il lui fallait une aventure pour se distraire, elle m'a trahi ! Mais qu'est-ce donc pour une femme que le bonheur et la vie d'un homme, pour qu'elle les gâche ainsi sans remords, par passe-temps? Pourquoi cela est-il possible? Pourquoi Françoise m'a-t-elle trahi? Pourquoi?

Il aurait voulu ressusciter la morte, lui demander la raison de ses dédains pour lui, l'excuse de sa faute, s'il y en avait une.

— Oh ! gronda-t-il, si elle était là, si je la tenais, je la forcerais bien à me répondre.

Il s'assit les bras pendants, la tête retombée sur sa poitrine. Le tic tac d'une vieille pendule hachait ce silence ; Pierre restait debout. Il s'aperçut tout à coup que Savinien pleurait : ce furent d'abord des larmes d'humiliation et de rage, puis une rosée de souffrance intarissable, bienfaisante à ce cœur oppressé.

Au bout d'un instant, Pierre osa lui dire :

— Tu auras tout de même une satisfaction. Je me punis moi-même, je vais te débarrasser de moi. Dans quelques jours, j'aurai quitté la France et l'Europe... Je serai si loin que tu n'entendras plus parler de moi, jamais. Je ne mêlerai pas une ombre odieuse à ton nouveau bonheur. — Une dernière fois, Savinien, je te demande pardon, en te disant adieu. C'est pour l'éternité.

— Va-t'en !

Ce mot tranchait à jamais leur affection : en l'entendant, Pierre éprouva sa première défaillance pendant cette journée terrible. Une larme lui monta aux yeux

Il sortit.

Dans la chapelle il retrouva Mme de Méréglise.

— Eh bien? demanda-t-elle.

— Tout est fini.

— Que fait-il maintenant?

— Il pleure.

— La consolation est prochaine et sûre. Mais il vous a fallu certainement plus de force pour rester calme pendant un entretien pareil que pour affronter le pire des duels. Je vous remercie. Vous avez racheté votre faute, et la sienne à *elle*. Savinien guérira, j'en suis convaincu : c'est pour la comtesse Françoise de Méréglise que je prierai désormais.

A ce nom, Pierre baissa la tête.

Ils quittèrent ensemble la chapelle. Anfrey remonta dans sa chambre pour écrire cette dépêche à Mlle de Fleuriel :

— *J'ai parlé. Il est presque calme.*

Sa valise n'avait pas même été défaite. Il reprit le premier train pour Paris. après avoir jeté sa dépêche à Randon.

Cependant la Bertrande, dans sa chambre, tenait entre ses mains la photographie toute froissée ; elle la regardait avec une intense expression d'amour obstiné et de dévotion inébranlable, et son regard voulait dire :

— Madame la comtesse Françoise, je ne crois pas à ce qu'on a osé dire de vous, je n'y aurais pas cru même si je l'avais vu. Mais quand cela serait vrai, je n'en resterais pas moins votre fidèle servante, toujours entêtée à vous chérir très humblement. Puisqu'on vous renie, puisqu'on vous insulte, madame la comtesse, permettez-moi de vous réclamer pour mon enfant : il le faut bien, vous n'avez plus que moi. Si vous avez commis le péché, ce n'a pu être votre faute ; c'est un mystère que je ne veux pas comprendre, mais cela ne m'empêchera pas de vous aimer quand même. Tant que je resterai ici, vous ne serez pas chassée de votre maison : il y aura toujours un cœur à vous pour vous donner refuge.

Elle ouvrit un placard : sur une planchette elle déposa le portrait à côté d'un petit soulier, d'un gant, d'une étroite ceinture d'écolière, souvenirs de Françoise fillette. Elle contempla un instant ces reliques, les yeux secs mais les lèvres tremblantes d'adoration ; puis elle referma la porte du placard comme celle d'un tabernacle d'autel.

Le lendemain matin Pierre arrivait à Paris, brisé par l'émotion et deux nuits de chemin de fer. Il descendit de voiture ; comme il passait devant la loge du concierge, celui-ci l'appela.

— Mlle Anfrey est venue hier soir ; elle m'a dit de vous prier, à votre retour, de passer tout de suite avenue Henri-Martin. Elle avait l'air bouleversé.

— Il n'y a pas d'accident?

Le concierge hésitait.

— M. Claude Anfrey ne va pas bien, répondit-il.

A ces mots, Pierre eut le cœur étreint d'un pressentiment : il songeait à la constante menace de cette paralysie qui, d'un jour à l'autre, pouvait devenir mortelle.

Il pressa l'homme de questions.

— Est-ce que mon père est très malade? Depuis quand? Qu'est-ce au juste? Vous l'a-t-on dit?

Mais Mlle Anfrey n'avait pas donné d'explication : elle avait seulement déclaré qu'il y avait urgence pour lui de voir leur père aussitôt.

Pierre frémit : le pressentiment se vérifiait. Est-ce que Françoise se vengerait déjà? Un instant, il douta d'avoir fait vraiment son devoir en obéissant à la supplication impérieuse de Mlle de Fleuriel. Son infraction aux ordres de Claude, suivie si promptement du malheur qui l'atteignait dans la personne de ce père, ne serait-ce point un châtiment?

Il prit aussitôt une nouvelle voiture, et se fit conduire à la Muette. Le cocher brûlait le pavé, mais Anfrey, jeté dans un coin du fiacre, se tordait les mains d'impatience et d'angoisse, à la pensée du malheur inconnu au-devant duquel il courait. Qu'allait-il voir là-bas? Ce père aimé et redouté lui avait toujours inspiré une sorte de religion. Son affection filiale prenait quelque chose d'auguste, s'adressant à cet homme sacré par la majesté de la douleur, et dont le caractère s'élevait à la grandeur stoïque.

Enfin la voiture s'arrêta devant le petit hôtel ; il apparaissait maintenant dans la svelte blancheur de sa façade, derrière les arbres dépouillés presque entièrement par le précoce automne de Paris.

Anfrey sauta à terre ; il avait payé son cocher d'avance : il aperçut Claire sur le pas de la porte

— Dis-moi vite, fit-il en lui pressant la main : qu'est-ce qu'il y a?

— Père vient d'avoir une attaque.

— Mortelle? demanda-t-il dans sa hâte d'apprendre tout de suite le pire.

— Hélas ! peut-être. Il ne parle plus, le bras droit est paralysé. D'autres vivent comme cela des mois, même des années. Mais lui... le médecin déclare que le cœur est pris déjà.

Sa figure se crispa. Un terrible sanglot sans larmes la secoua toute. Peut-être songeait-elle non seulement à la fin prochaine du père qu'elle avait tant aimé, mais à l'effroyable chose que serait dans l'avenir sa vie à elle, privée de la tâche et du devoir qui l'avaient remplie, et auxquels elle avait immolé tout. Il ne lui resterait bientôt plus, pour peupler sa solitude, que les regrets des sacrifices perdus.

Courageuse, elle se reprit et ajouta :

— Il veut te voir : il a écrit de sa main à moitié valide deux mots qu'on peut à peine lire. Tiens, les voilà.

Elle tira un papier de sa poche. Anfrey déchiffra péniblement :

« *Appelez Pierre.* »

— Mène-moi près de lui, dit-il.

— Viens.

A sa grande surprise, elle ne le conduisit pas à la chambre à coucher du paralytique, mais à son cabinet de travail.

— Comment? dit-il, quand il vit qu'elle ne montait pas l'escalier : il est toujours là?

— Toujours.

Elle ouvrit la porte ; Anfrey vit alors une inoubliable chose : cet homme, dont le corps était mort presque tout entier, assis à sa table, lisant. On eût dit que rien n'était changé : il n'y avait que la présence nouvelle du vieux valet de chambre qui veillait sur son maître, et qui ne s'empêchait qu'à peine de pleurer. Pierre frissonna d'admiration.

A la vue de son fils qui entrait, le vieillard fut transfiguré : sa tête se tourna vers lui insensiblement, car il n'était presque plus capable de la mouvoir, et ses yeux, où toute sa vie s'était concentrée, brillèrent d'une clarté surhumaine... Pierre le baisa au front. Le paralytique avait devant lui des feuilles de papier, un crayon; sa main qui n'était pas encore morte s'en saisit. Tandis que le valet de chambre lui soulevait un peu le buste pour le rapprocher de la table, il traça quelques mots avec l'application d'un enfant qui se met à écrire. Pierre les lisait à mesure, penché sur son épaule.

Il lut d'abord ceci :

« *J'ai eu tort.* »

Claude Anfrey s'arrêta un instant. Puis, raidissant la suprême énergie de son cadavre électrisé, il y ajouta ces trois mots encore, peinant à chaque lettre, avec l'angoisse de ne pouvoir aller jusqu'au bout de sa pensée :

« *Tu dois parler.* »

Depuis que le mal l'avait foudroyé d'une seconde attaque, — la dernière, — il avait envisagé, avec la netteté d'esprit surnaturelle de ceux qui vont mourir, le torturant cas de conscience que lui avait soumis Pierre, et il avait entendu l'ordre — infaillible cette fois — de sa raison et de sa pitié. Non, même pour satisfaire à un scrupule légitime, il n'avait pas le droit de vouer à la solitude, peut-être à la mort, deux êtres vivants, jeunes, épris l'un de l'autre suivant le vœu de la nature. Il devait relever son fils de l'obéissance à un ordre erroné ; avant de disparaître, il devait lui dire où était son vrai devoir. Ces deux existences sauvées par lui rachèteraient peut-être la mort de celle que son amour, quinze ans plus tôt, avait tuée.

Pierre venait de partir quand il fut frappé de cette attaque. Dès qu'il eut repris conscience après le coup terrible, l'idée de l'obligation qu'il lui fallait accomplir avant sa fin fulgura dans son âme. Il réclama son fils. Claire lui dit qu'il était absent, peut-être pour deux jours. Alors l'agonie de Claude Anfrey redoubla d'atrocité. S'il allait mourir avant d'avoir déclaré sa volonté à Pierre, d'avoir reçu de lui le serment d'y obéir ! Voué déjà à l'immobilité sépulcrale, il ne lui restait plus, pour exprimer son angoisse, que le flamboiement de son regard et la crispation de sa main valide, dont les doigts étreignaient continuellement le bois du fauteuil où il gisait écroulé. Déjà des signes trop certains annonçaient le progrès du mal ; la paralysie, lentement, gagnait le cœur ; le malade étouffait par moments : son impatience hâtait la dernière crise. Mais, enfin, Pierre était venu, Pierre était là et avait compris : il obéirait. C'était la délivrance !

Le fils de Claude Anfrey s'agenouilla, baisa la main qui venait d'accomplir l'effort héroïque, pour suivre l'ordre d'une conscience éclairée par les approches de la mort.

— Mon père, prononça-t-il, pardonnez-moi de n'avoir pas attendu votre commandement. La nécessité l'a voulu. Il s'agissait de sauver deux vies. J'ai parlé.

Alors, un apaisement soudain fit rayonner avec douceur les yeux du vieillard. Ce mourant, dont la chair était déjà roidie avant le froid suprême, goûta dans la certitude libératrice une dernière sérénité.

Dans la chambre, le silence s'alourdissait. Il fut troué soudain par un chant frêle et bizarre. De la cheminée partirent des notes menues, comme voilées d'éloignement, assourdies d'émotion. On eût dit la chanson tremblotante des printemps surannés, des vieux printemps d'opéra-comique. Cela était à la fois exquis et lugubre.

Un oiseau bleu, merveille d'horlogerie survécue au dix-huitième siècle, chantait l'heure en battant des ailes.

Une angoisse parut dans les yeux de Claude Anfrey. Il porta sa main gauche à sa poitrine ; dans un spasme bref, il mourut.

VIII

Notes de Savinien

Je veux me forcer à voir clair en moi-même, à démêler ce chaos de pensées où ma raison étouffe. Je suis jaloux de la morte que j'ai cessé d'aimer : je passe mes jours et mes nuits à ressusciter une ombre, à lui adresser la même question cent fois ressassée :

— Pourquoi m'as-tu trahi?

Quant à ma fureur contre *lui*, elle est éteinte. Puisque je ne l'ai pas tué dans le premier moment, je ne me fatiguerai pas à lui en vouloir d'une faute qui n'est presque pas sienne. Car, enfin, il ne l'a pas sollicitée, *elle*, il n'a pas eu à la prendre ; il n'a fait qu'ouvrir ses bras à l'instant où elle s'y précipitait.

Pourquoi, une fois encore?

C'est tout cet incompréhensible qui m'affole, et aussi l'écroulement de ma religion et de mon passé. Je demeure frappé de stupeur à contempler des ruines ; je ne songe pas que c'est ma prison qui tombe, que je n'ai plus qu'à enjamber des décombres pour m'élancer vers la vie. Comme après un tremblement de terre, je reste anéanti, les paupières hésitantes, n'osant regarder autour de moi, par crainte de voir surgir un nouveau désastre, l'oreille étourdie par de vaines rumeurs, tel enfin qu'un halluciné.

On dirait que je ne pourrai jamais me reprendre à l'existence, et me rhabituer au monde. L'univers est bouleversé, depuis qu'un instant a changé ma croyance de cinq années sur celle que j'avais appris à regarder comme une sainte. Pourtant j'ai des amours et des devoirs ailleurs, et ce sont désormais les seuls qui importent.

Pauvre cœur misérable, l'as-tu assez désirée, ta liberté ! Et maintenant que tu l'as, qu'en fais-tu?

Pourquoi ne t'empresses-tu pas d'être heureux, puisque cela t'est permis à présent?

Serait-ce que la souffrance étant toujours en soi plus forte que la joie, l'espoir d'un bonheur, même infini, ne peut effacer en nous l'amertume d'une désillusion comme celle que j'éprouve?

Mais elle finira bien par se taire en moi cette douleur indigne : je le veux. Elle ne mérite pas d'être écoutée, elle n'est que le grondement de mon orgueil exaspéré de sa blessure. — Allons, décidément, ce n'est plus rien : ce n'est que de l'amour-propre qui saigne.

. . . .

Ma mère a été incomparable de bonté dans cette épreuve. Elle a supporté les premiers éclats de ma colère contre *l'autre*, et je rougis maintenant de la brutalité des paroles qu'elle a dû entendre. Elle m'a laissé évaporer toute ma rage ; elle ne m'a pas interrompu ; elle ne m'a ni blâmé ni consolé, sachant que la consolation m'eût irrité autant que le blâme. Mais dès que mon délire s'est un peu calmé, elle m'a pris les mains et elle m'a dit :

— Savinien, vous me rendrez désormais justice. Je n'ai pas attaqué la morte tant qu'il vous a été possible de croire en elle. Et pourtant, je puis vous l'avouer, n'est-ce pas, à présent?...

— Pourtant?

— Je savais.

— Vous ne m'avez rien dit !

— M'auriez vous crue?

Je n'ai pas hésité à répondre :

— Non.

— J'ai donc bien fait de me taire. Et d'ailleurs, m'eussiez-vous crue que vous ne m'en auriez pas moins haïe pour vous avoir révélé la vérité. Eh bien ! je n'ai pas voulu encourir la haine de mon fils. Je savais qu'à un moment donné la conscience de celui qui était responsable parlerait. J'ai attendu.

Elle s'est tue un instant, puis elle a repris :

— Croyez-vous qu'à vous voir inutilement souffrir, je n'aie pas souffert autant que vous? J'ai assez pâti de votre épreuve pour avoir droit de vous ordonner le courage. Oubliez-vous à présent, Savinien : songez à quelqu'un qui a enduré autant que nous deux. Vous savez qui je veux dire?

A ces mots j'ai tressailli. — Elle l'a vu.

Très doucement, elle a ajouté avec un sourire :

— Écrivez-lui.

Oh ! oui, je vais lui écrire.

. . . .

Voici les quelques mots que je viens d'adresser à Rose :

Amie.

Je sais que vous vous souvenez encore, que je ne suis pas absent du cœur où mes propres souffrances ont trop cruellement retenti. J'ose donc aujourd'hui vous dire qu'au sortir d'une épreuve nouvelle, j'ai reconquis le droit de disposer de moi-même : je vous raconterai quelque jour comment le malheur et le bonheur sont tombés sur moi dans le même coup de foudre. A présent, je vous dirai seulement ceci je me considère comme libre de tout engagement envers celle qui n'est plus ; à la suite d'une révélation qui vient de m'être faite, le passé d'amour qui me liait s'est anéanti. Vous avez déjà deviné, sans doute, la vérité, que je ne veux pas préciser davantage, C'est une catastrophe qui m'affranchit.

J'en suis tout accablé encore, comme si une part de moi-même, brusquement, s'était détachée de moi. C'est la première partie de mon existence, le rêve initial de ma jeunesse qui tombe au néant. Pardon de vous parler pour la dernière fois de ces choses ; je voulais seulement vous expliquer que, pour quelque temps, je suis un malade encore, mais un malade qui guérira, parce qu'il veut guérir.

J'attendrai ce moment pour vous revoir, si vous le permettez. Je vous ai bien assez troublée de mes agitations et de mes folies : je ne dois reparaître devant vous qu'assagi et calmé. Mais dès maintenant, mon amie, j'ose vous dire que je suis pour l'éternité à vous seule, et que ma vie aura dorénavant pour but de vous faire oublier les souffrances que mon triste amour vous causa. Vous me les pardonnerez, j'espère, en considération de mon propre martyre.

Chère sœur de mon âme et de ma douleur, qui serez un jour la sœur de mes joies, laissez-moi baiser dévotement le bas de votre robe.

SAVINIEN.

Aujourd'hui, j'ai reçu sa réponse, deux lignes, mais divines comme elle :

Mon ami,

Je vous comprends ; je vous attends et, parce que vous avez dû beaucoup souffrir, je veux bien ajouter que je vous aime.

ROSE.

. . . .

Ma mère veut m'emmener en Italie ; nous allons faire le voyage qui était projeté dès le printemps. Je viens d'en écrire à Rose ; elle approuve cette idée. Allons évaporer toutes ces mélancolies inutiles au soleil de Naples. J'ai résolu de vivre.

. . . .

Cependant, Pierre Anfrey, lui aussi, s'apprête à un autre départ.

Plusieurs semaines ont passé depuis la mort du père : autour du petit hôtel, dont les fenêtres sont presque toutes fermées sur le recueillement morne des chambres, les arbres de l'avenue sont maintenant des squelettes tout à fait : leurs branches griffent un ciel pâle d'arrière-saison, où les crépuscules et les aurores saignent avec la même tristesse. La maison est veuve et du maître et du chef ; dans le jardin moins soigné, les fleurs retombantes ont l'air de taciturnes pleureuses, les herbes croissent comme une chevelure de deuil. Les gonds de la grande porte se rouillent, car elle ne s'est plus ouverte pour laisser entrer la vie : cette voiture surannée qui venait parfois chercher le paralytique, les jours de soleil. Le chagrin des choses semble éternel ; elles ont l'aspect immuable, tandis que la vie transforme incessamment les mobiles visages.

Pierre et sa sœur achèvent de déjeuner. C'est surtout pendant les fins de repas que la tristesse continue des intérieurs récemment visités par la mort se précise et s'exaspère : la distraction forcée qu'imposait aux convives l'acte de se nourrir a cessé peu à peu, et chacun, se rappelant que c'était l'heure naguère où l'intimité se faisait plus expansive, est envahi d'une mélancolie qu'il n'ose confier à l'autre. Parce que justement, à ce moment-là, les physionomies avaient coutume de s'éclairer, voici qu'elles s'assombrissent et se ferment ; on sent se réveiller dans son cœur, plus que jamais brûlante, la cuisson du souvenir et, quand on regarde son voisin, on s'aperçoit qu'il souffre de même. Les âmes se contemplent et se voient si désolées qu'elles n'osent se parler.

L'énergique figure de Pierre a pris dans le deuil une rigidité nouvelle ; celle de Claire s'est émaciée encore et maintenant, dans ses vêtements noirs, où elle paraît sans âge, sans sexe, sa beauté, qui n'a plus rien de la grâce humaine, est pareille à celle des saintes de Bruges ou de Munich, qui n'ont ni chair ni sang, qui semblent nourries de larmes et d'extases.

Elle parle la première. Sa voix est demeurée très douce ; par sa voix seule, elle est encore femme.

— Tu es bien décidé à partir?

— Oui, je viens d'écrire là-bas. J'ai dit que j'acceptais, qu'on pouvait compter sur moi pour prendre la suite des affaires de Reverdy à Saïgon. C'est fait, maintenant, c'est définitif.

Claire ne répond pas. Son regard plus brillant, ses lèvres qui se serrent annoncent une résolution soudaine.

— Cela se sait déjà, continua Pierre. Je suis retourné hier au Palais pour la première fois depuis... le malheur. J'ai été très félicité, j'ai vu qu'on m'enviait. Cent mille francs par an, pense donc !

Amèrement, il sourit, puis laisse retomber sur la table avec découragement sa main robuste :

— S'ils savaient !... S'ils se doutaient du déchirement que je m'impose ! Quitter cette maison où je laisse le souvenir de notre père, où je te laisse, toi, ma pauvre sœur aimée, seule, toute seule, parce que tu as voulu ne vivre que pour *lui*, et qu'à présent voici que, lui aussi, il te manque ! Cela est horrible ! Et cela est nécessaire... pour le bonheur de deux êtres qui valent mieux que moi. Tant que je resterai que Savinien me saura dans le même monde que lui, il n'oubliera pas. Et il faut qu'il oublie, qu'il perde ma trace, que je disparaisse avec le passé que j'emporte.

Il reprend avec plus de calme :

— Toutes mes dispositions sont prises. Le paquebot va partir au commencement du mois : j'irai aujourd'hui retenir ma place au bureau des messageries.

Claire le regarda.

— Retiens-en deux, dit-elle.

De stupeur, son frère s'est levé.

— Comment, tu veux partir? s'écrie-t-il.

— Oui, fait-elle simplement.

— Mais, c'est insensé, c'est fou ! Je ne parle même pas du voyage. Mais la vie là-bas, dans ce climat, tu ne sais pas ce que c'est ! Avec ta santé exténuée par les fatigues et les souffrances !... C'est absurde, Claire ! Je ne m'y prêterai pas.

— Si, mon ami ; je le veux.

— Jamais ! c'est impossible. Je serais criminel.

— Écoute.

A son tour, elle s'est levée. Elle achève paisiblement :

— D'abord, je suis plus forte que tu ne crois ; je résisterai, je t'assure ; j'ai déjà résisté à tant de choses ! Il n'y en a qu'une qui me tuerait, mais cela sûrement : ce serait de rester seule. Cela, vois-tu, c'est impossible.

Pierre comprend qu'elle a raison.

— Songe un peu, reprend-elle, que depuis ma toute première jeunesse, mon enfance presque, je n'ai jamais été habituée à vivre pour moi, puisque j'ai tout sacrifié, présent et avenir, à notre père. J'ai fini par me faire du dévouement une habitude indispensable. Tant qu'il est resté avec nous, j'en ai eu l'emploi, nuit et jour, tu le sais. Oh ! je ne m'en plains pas,

Dieu le sait, et je ne m'en glorifie pas non plus. Il y en a qui sont épouses, amantes (son visage de vierge rougit sous sa pâleur monacale), qui sont mères, moi j'ai été une espèce de religieuse au service de notre cher père adoré.

« Si je n'ai plus personne à qui me dévouer d'une façon quelconque, dis-moi, Pierre, qu'est-ce que tu veux que je devienne? Je ne saurais plus maintenant être une femme ; quelqu'un m'aimerait par impossible, car je suis trop vieille et trop triste à présent, que je ne pourrais pas répondre à son amour. Autrefois, quand je voyais autour de moi des gens qui s'aimaient, je pleurais un peu ; c'est fini, c'est passé depuis longtemps. Ils me sont indifférents, je ne les comprends plus. Je ne sais qu'une chose : aider, servir une autre existence, me dévouer, filialement, fraternellement, n'importe. Tout le reste, vois-tu, j'y ai renoncé quand cela valait la peine d'y avoir envie ; à présent, qu'est-ce que tu veux que j'en fasse? Je te dis cela parce que j'ai bien deviné ta pensée : tu aurais voulu la marier, ta pauvre vieille amie, pour être plus tranquille là-bas. Tu ne vois donc pas que j'ai des cheveux gris? Non, Pierre, puisque tu t'inquiètes de moi, tu n'as qu'une chose à faire : me garder. Tu veux bien? J'ai été assez longtemps garde-malade, je puis bien être consolatrice. Tiens, je ne te dis plus qu'une chose : si tu me refuses, je mourrai.

Pierre lui baise la main, c'est sa réponse.

Alors, joyeuse pour la première fois, la sœur étreint le frère. Il y a une minute où l'amitié de ces deux êtres est aussi fervente, aussi passionnée que le plus véhément amour.

Un rayon de soleil se glisse dans l'appartement : il rallume les ors et les cuivres d'une vieille horloge de Nuremberg, égaye les dessus des portes peints de fleurs et de fruits, réveille les fleurs rouges et bleues des faïences accrochées aux murs. Dans les angles, obscurs tout à l'heure, la danse des atomes est un frêle tourbillon de joie. On dirait que la familale demeure, brusquement épanouie dans cette gaieté d'octobre, tente de retenir ses maîtres, résolus à la quitter.

Mais eux n'entendent point cet appel des choses, pris par la solennité de l'heure.

Après l'étreinte fraternelle, Pierre va pour sortir.

— Il faut que j'aille voir quelqu'un, dit-il.

Sur les hauteurs de Montmartre rêve, s'éplore et se recueille la blanche cité du sommeil : le cimetière.

Une brune automnale traîne sur les sommets de la Butte ; les tombes en émergent, pâles récifs. Au-dessus de la ville des vivants, ce grand dortoir des âmes recommence une autre ville, aux rues silencieuses. une ville de l'éternité, bâtie tout près du ciel. Et ses maisons légères, clairsemées parmi les arbres de deuil, hêtres pleureurs, ébéniers du Japon, sophoras, cyprès et saules, ont l'air construites justement pour loger des ombres. C'est un paysage de limbes.

La tombe de Françoise est une des plus belles. C'est un mausolée à l'italienne, une sorte de chapelle de marbre, d'où les fleurs débordent.

Le long des avenues, ouatées de silence, un visiteur chemine vers elle : Pierre Anfrey. Avant de partir, il est venu dire adieu à la morte et lui demander pardon.

A mesure qu'il approche de la tombe, une pudeur, un remords, se développent en lui. Comment va-t-il fouler ce sol, sous lequel dort la victime de sa dénonciation nécessaire mais cruelle? L'outrage dont il a souffleté ce fantôme se peut-il jamais pardonner? Il doute, il s'arrête, comme s'il avait peur de réveiller la forme douloureuse mal endormie. En même temps une espèce de magnétisme, rayonnant à travers la terre, l'attire invinciblement vers elle pour lui confesser les luttes de son âme, les déchirements de sa conscience avant qu'il eût pris la résolution suprême ; il vient implorer la pitié de cet être rasséréné et pacifié par les clartés éternelles.

Les morts doivent comprendre tout.

Le voici maintenant près de la grille. D'un grand geste, il se découvre. Le silence est absolu, l'air bleu vibre dans la lumière : deux colombes qui appartiennent au gardien, et qui se plaisent à la douceur du lieu, à la blancheur de la cité dormante, veloutent cette quiétude d'un bruissement d'ailes, et le sillage sonore de leur fuite s'éloigne et s'efface.

Alors Pierre Anfrey sent plus puissante encore l'attraction qui vers lui monte de la tombe. Un frisson a parcouru sa chair : des larmes naissent dans ses yeux et glissent sur ses joues qu'il sent frémir, nerveusement. Dans son cœur éclate tout à coup un immense, un pitoyable amour pour la morte, pour ce corps, à présent dissous dans l'innommable et que la noire terre dévore. Sans doute, ils ne se sont point aimés, selon la signification auguste d'un tel mot, mais la volonté de la nature ne les en a pas moins unis, et l'éternité ne pourait pas abolir le fait de cette rencontre qui tous deux les a perdus.

Elle est un peu à lui, la pauvre dépouille qui gît là.

La vie pour jamais éteinte s'est exaltée une minute dans son amour. Cela aura été terrible, puisque son existence en est brisée, mais cela demeure quand même sacré.

Une invisible main vient de se poser sur son épaule ; ses genoux, sans qu'il l'ait voulu, se courbent jusqu'à toucher le gazon. Il a laissé son chapeau roulé à terre, ses deux mains étreignent maintenant les barreaux de la grille, sur lesquels il meurtrit sa face, ne pouvant baiser le linceul de la morte qu'il a outragée. Éperdument, il s'humilie devant elle : une oraison monte à ses lèvres et retombe sur la pierre en paroles pieuses, comme une chute de fleurs dévotes sur un autel.

— Françoise, murmure-t-il, je vous demande pardon de toute mon âme, dans la confusion et les larmes. Il n'a pas dépendu de moi de vous épargner une inexpiable offense : pour le monde, pour Savinien, je vous ai déshonorée. Mais n'êtes-vous pas désormais inaccessible aux atteintes de nos préjugés, et que peuvent vous importer les opinions humaines, à vous qui êtes dans la lumière? La majesté de votre repos n'en est pas troublée, je ne veux pas le croire. Pourtant, si, dans le monde où vous êtes, les agitations terrestres se faisaient encore ressentir ; si, chose effroyable à penser, mon aveu vous avait causé quelque souffrance, considérez, je vous en supplie, que je n'étais pas libre de le retenir. Vous voyez mieux que nous la vérité et le droit, de l'autre côté de la tombe : n'est-ce pas, Françoise, que je ne pouvais pas me taire, que je n'avais pas le droit de les laisser mourir, eux, par pitié pour vous, chère morte, qui voulûtes un jour être mienne, chère et triste amie d'une heure, remords de mon éternité? Pardonnez-moi, vous qui voyez les rapports des choses, vous qui comprenez l'ordre des affections et des devoirs, d'avoir sacrifié la mort et l'amour à l'humanité et à la vie !

Les arbres dépouillés frémissent, un rai de soleil éclaire le mot *Pax* au fronton de la chapelle, comme pour souligner la paix et la mansuétude de la mort, meilleure que la vie ; et les deux colombes posées tout près de là ont faiblement roucoulé. Pierre tressaille et pleure de plus douces larmes.

Françoise aurait-elle pardonné?

IX

Notes de Savinien

Florence, la ville fleurie, la ville de Sainte-Marie-aux-Fleurs et des lys rouges, me communique son âme de grâce et de force. Ma mère a eu raison de m'amener ici : cette terre d'Italie exerce un prestige étrange sur les cœurs abattus qu'elle ranime. Tout y parle de la vie, même la mort. Oui, même les fresques aux murailles des églises et des chapelles, annonçant les affres du jugement dernier, éblouissent plus qu'elles ne terrifient, processions de vivants heureux, joyeux, insoucieux de tout ce qui n'est pas l'heure présente, et qui s'acheminent en chantant vers la tombe, sans avoir l'air d'y croire. Depuis Dante, rien n'a changé, il n'y a pas un rayon de moins au soleil de Toscane ni aux auréoles des saints : on rencontre, au tournant des rues, la Beauté aussi divine dans la moindre *popolàna* que, jadis, elle apparut à l'amant de Béatrix. Les hommes ont toujours ces traits un peu âpres des vieux Étrusques : nez en bec d'aigle, lippes hautaines, fronts durs, lisses comme le marbre. Et les siècles qui ont passé sur les monuments ont achevé de leur donner un aspect éternel.

Peu à peu je sens en moi une âme nouvelle éclore, forte et douce comme la cité qui m'environne. J'aspire à présent d'une façon invincible à la joie de la vie et de l'amour.

Ce fut d'abord, comme dans une convalescence, un éveil encore indécis, un timide recommencement de l'être, une allégresse obscure qui osait à peine sourdre au profond de moi-même. On dit que les opérés sortent ainsi de leur léthargie, étonnés, presque apurés du jour qui revient. Un espoir indistinct s'est mis à chanter en moi, dans ma conscience, traversée de lueurs, de rêves, peuplée encore par les échos d'un monde antérieur, comme doit l'être celle des nouveau-nés. Puis, le soleil de ce pays a fait s'épanouir le germe de résurrection. Florence, la ville des fleurs, m'a fleuri l'âme. Ce fut inespéré.

J'avais tant souffert !

Maintenant j'aime la vie, je la veux pour moi et pour *elle*. Quand je reverrai Rose, elle ne me reconnaîtra plus : c'est moi qui lui prêterai l'appui de mon affection revigorée, de mon amour transfiguré et rajeuni. Je saurai bien l'aimer à présent ; je lui rapporterai cette moisson de joie que j'ai cueillie aux champs de Toscane. De joie et surtout d'oubli ! Ma peine et ma rancœur auront bientôt fondu tout à fait à la tiédeur de ce ciel. En me promenant sur le Lung'Arno, j'ai senti que c'était le Léthé qui passait là. Mes mélancolies, une à une, s'en sont allées avec ses petites ondes si lentes, avec ses vaguelettes berceuses, vers la grande mer.

J'ai noyé le passé dans la mer qui chante.

Je ne songe plus maintenant qu'à elle, à Rose. J'ai partout la chère obsession de sa présence. Dans cet air enamouré de la Toscane, où je crois sentir palpiter les rimes de Dante et de Pétrarque, elle est partout flottante autour de moi. Je la retrouve dans les vierges du musée et du Campo-Santo, car il semble que les peintres aient pressenti sa beauté à travers les siècles : toutes ces figures aux longs traits, aux cheveux de lumière, au sourire douloureux dans la grâce, ont avec elle je ne sais quelle inexprimable parenté. A voir l'obstination avec laquelle les pinceaux de toutes les écoles ont multiplié son image à toutes les époques de l'art, je ne puis plus douter qu'elle ne réponde à une des formes nécessaires de l'Idéal. C'est sous les traits de Rose que tant de maîtres défunts l'ont adoré.

Et je ne l'aimerais pas, moi qui ai ce bonheur de l'avoir rencontrée, de m'être trouvé juste au point de l'espace et du temps où elle rayonnait ? Ah ! si je l'aimerai, je la servirai uniquement de toutes mes forces ! Combien j'en ai déjà perdu de ce temps qui ne devait être consacré qu'à la chérir ! Quand je songe à la folie de mes scrupules, à cette nuit sur la montagne d'Auvergne, où j'avais à côté de moi cette créature divine, déjà tremblante de la douceur pressentie des aveux, et où je l'ai repoussée de ma vie pour obéir à une superstition absurde... il me monte une rage au cœur.

J'ai été bien insensé et bien malheureux. A présent je veux vivre, je le veux éperdument.

Elle et moi, nous avons à prendre notre revanche sur la destinée. Et j'ai, pour elle surtout, la chère sacrifiée, l'ambition furieuse du bonheur.

. . . .

J'ai dit aujourd'hui à ma mère que ma guérison était achevée, et que la belle Italie me devenait maintenant intolérable. Elle a souri.

— Nous partirons quand vous voudrez, m'a-t-elle répondu.

Nous partirons demain...

LETTRE DE SAVINIEN A Mlle ROSE DE FLEURIEL.

Amie,

Nous venons de rentrer, ma mère et moi, à Méréglise. Quand j'ai remis le pied sur ce vieux seuil que vous avez passé un si triste soir de l'année dernière, n'y croyant plus revenir, j'ai pleuré. Je me suis incliné devant la statue qui vous ressemble, comme devant un autel.

En ce moment la nature est comme moi : elle pressent les joies printanières, elle s'épanouit à leur approche dans un alanguissement bienheureux déjà. Pourtant elle se souvient qu'elle a vu ce printemps bien des fois, et qu'il s'est enfui. Voilà pourquoi dans sa joie persiste un rappel des tristesses anciennes, jusqu'à la venue du dieu qui lui fera tout oublier, en l'étourdissant de parfums et de lumière.

Et vous aussi, cher printemps, venez, ne vous faites plus attendre. Et restez pour toujours avec moi.

La saison nouvelle s'annonce à peine, dans les bois et sur la montagne, par un brouillard léger de premières verdures : on la sent plutôt dans la clarté attendrie des cieux, et dans un frémissement nouveau de l'atmosphère. Ce sont les frissons du grand bonheur qui commence.

Mon être frissonne de même dans l'espoir. Il épie, à travers l'ombre qui s'évapore, les pas de l'ange vers lui.

Je vous attends.

Vous êtes l'avenir et la vie. Ce n'est pas à moi seul que vous apporterez la joie, c'est à tout ce pays. Dès que vous aurez paru à Méréglise, je ferai commencer sous vos auspices la recherche des sources mystérieuses : vous m'avez habitué aux miracles, et j'ai foi en celui qui doit rendre la prospérité à cette contrée sous le jaillissement des eaux J'entends que vous présidiez à la réssurection du village mort, auquel vous vous êtes un jour intéressée.

Le mariage de Juste et de Vitaline suivra le nôtre. Car je veux rendre notre bonheur solidaire de tous ces bonheurs, je veux qu'il y ait de la joie et de la reconnaissance autour de notre amour bienfaisant à tous, je veux épanouir notre félicité dans celle de tout un peuple de paysans. Vous serez ma souveraine et celle de la vallée redevenue prospère, et l'on vous bénira tout comme notre aïeule Diane-Éléonore fut bénie, pour son grand cœur et ses mains secourables.

Ainsi tout ce pays pourra s'appliquer la devise de Fleuriel : « En la rose je fleuris. »

. . . .

En même temps que cette lettre, Mlle de Fleuriel reçut un bouquet merveilleux, envoi de Vitaline. Elle en détacha une fleur et l'attacha à son corsage.

De la rue paisible monta un cri doux et prolongé. Les marchandes de roses poussaient devant elles leurs petites voitures pleines de la charge parfumée ; autour des éventaires, les enfants égayés s'arrêtaient.

Et la clameur de ces pauvres femmes tout heureuses du temps clair et du soleil, parut à Mlle de Fleuriel le chant de triomphe du printemps.

X

Le coup de mine qui fit sauter le dernier pan de roche ébranla la vallée. Chantantes et bondissantes sous leur crête d'écume, les eaux descendirent la pente creusée pour elles ; des détonations successives, comme un long tonnerre, roulèrent en échos sur leurs rives : le peuple de la montagne, rangé de chaque côté du torrent nouveau, faisait partir ses fusils. Les eaux dévalaient en cascades de joie. Une émotion pareille contracta toutes les poitrines sur le passage de cette force majestueuse, dispensatrice des richesses futures : le pays se sentait renaître. La main dans la main, Savinien et Rose écoutaient, au milieu de cette grande allégresse, chanter plus suave leur amour.

Le chercheur de sources, comme oublieux de son triomphe, baissait la tête vers la terre, sa mystérieuse amie, dont la puissance, éveillée par lui, venait de se manifester à son appel. Il ne songeait même pas à la petite fiancée qui le regardait toute pleurante d'orgueil. Vitaline oubliait la légère souffrance de se voir un instant négligée dans la joie d'assister au triomphe de l'être supérieur. Rendue à toutes ses superstitions de paysanne, elle contemplait Juste, comme un thaumaturge.

La Bertrande était restée au château pendant la fête. Elle s'activait à de mystérieux préparatifs, enfermée dans sa chambre : elle empilait fiévreusement au fond d'une grande malle des robes et du linge ; elle glissa, entre deux mouchoirs de toile d'Auvergne, ses mouchoirs de noce, chefs-d'œuvre d art rustique, le portrait de la comtesse Françoise, après l'avoir baisé une dernière fois. Puis elle referma la malle. Elle se laissa tomber sur une chaise ; les coudes aux genoux, pressant ses tempes de ses poings amaigris, elle pleura. Une grande clarté inondait la chambre : on eût dit une averse de soleil. Sous la caresse des rayons, la paysanne sortit de son accablement ; un peu honteuse, elle s'essuya les yeux, vint à la fenêtre et promena sur tout ce qu'elle voyait, le jardin, la vallée, les forêts riveraines, un regard d'adieu. Puis elle sortit de la chambre.

Lentement, cachant sa résolution sous sa figure fermée, elle descendit l'escalier.

En ce moment, la comtesse Élisabeth rentrait. La Bertande vint à elle.

— Madame la comtesse...

Toujours respectueux, le ton de la servante avait pris une assurance nouvelle en prononçant ces trois mots. Mme de Méréglise la regarda, surprise désagréablement, contrariée, sans doute, de cette apparition morose au milieu d'un bonheur récent, contre lequel elle savait l'hostilité de cœur de la Bertrande. La joie grave qui embellissait et adoucissait son visage disparut aussitôt.

— Qu'y a-t-il? interrogea-t-elle d'une voix brève. Je ne vous ai pas appelée.

— Avec la permission de madame la comtesse, j'aurais un mot à lui dire.

— Dites.

— Je voudrais quitter le service de madame la comtesse.

— Comment cela? Qu'est-ce que cela signifie ? De qui ou de quoi avez-vous à vous plaindre?

— Je ne me plains de rien ni de personne.

— Alors, qu'est-ce qu'il y a? Vous sentez-vous fatiguée? Je suis prête à vous donner toutes les facilités de vous reposer, tout le soulagement dont vous auriez besoin dans votre travail.

Un sentiment de justice commandait à Mme de Méréglise ces égards envers la servante qui s'était montrée d'un dévouement impossible à payer avec de l'or, et cependant ce départ de la Bertrande lui était comme une délivrance, éloignant du foyer le fantôme du passé qui avait torturé son fils.

La Bertrande répliqua :

— Je ne suis pas lasse. Mais je viens à nouveau supplier madame la comtesse de me renvoyer.

La comtesse Élisabeth se jugea quitte envers sa conscience : elle avait fait le possible pour retenir la domestique, elle n'avait pas besoin d'insister davantage.

— C'est bien, dit-elle, un peu agacée, dépitée aussi de l'avoir priée en vain. Nous en reparlerons dans huit ou dix jours, après le mariage de mon fils. En ce moment, j'ai bien d'autre chose en tête que de pourvoir à votre remplacement.

— C'est que, si cela ne désoblige pas trop madame la comtesse, j'aurais voulu m'en aller aujourd'hui. Aujourd'hui, j'ai pris mon parti, je n'aurais peut-être pas le courage plus tard. Et il faut que je parte avant le mariage de M. le comte. Cela vaut mieux pout tout le monde.

— Allons, bon, soit ! répondit la comtesse Élisabeth, comprenant toute l'intransigeance paysanne de cette femme, qui ne voulait pas avoir à s'incliner devant la nouvelle maîtresse, la nouvelle femme de Savinien. L'intendant va vous payer. Mais vous êtes folle, Bertrande.

— On n'est pas folle, madame la comtesse, parce qu'on a ses idées sur les choses. Je partirai ce soir, j'irai à pied usqu'à Saint-Pierre, et demain mon neveu viendra prendre ma malle pour la mettre sur sa voiture.

Elle parlait en toute humilité, mais avec indépendance. Elle restait l'inférieure, elle n'était plus la servante.

— Comme vous voudrez, dit Mme de Méréglise. Vous étiez honnête et dévouée, Bertrande. Je vous regretterai.

— Madame la comtesse est trop bonne.

Il y eut un silence, fait de l omission de toutes les choses profondes qui étaient entre elles, un silence pendant lequel l'âme de la châtelaine et l'âme de la serve se parlèrent pour la dernière fois.

— Adieu Bertrande.

— Adieu, madame la comtesse.

La paysanne sortit, enfin délivrée. Elle traversa la cour ; humble jusqu'à la fin, elle gagna la route par la petite porte de côté réservée aux gens de service.

Une fois dehors, elle s'arrêta. Elle n'avait pas embrassé sa fille avant de partir. Elle fit un mouvement pour revenir sur ses pas.

A quoi bon ! Vitaline était amoureuse, Vitaline se mariait, elle aussi : Vitaline ne pensait guère à elle. Vitaline avait renié sa mère puisqu'elle avait contribué à chasser de Méréglise la pauvre ombre de Françoise. Elle ne méritait pas un regret. Allons, la Bertrande était désormais bien seule sur cette terre.

En quelques minutes, elle arriva à la cure. Elle poussa la porte du jardin. Le curé lisait son bréviaire, en marchant à grands pas dans une allée droite. Il aperçut de loin la visiteuse. Il lui adressa des yeux un signe de reconnaissance, termina la récitation d'un psaume puis ferma le livre

— Qu'est-ce qu'il y a, Bertrande? demanda-t-il. Une commission de Mme la comtesse?

— Non, monsieur le curé. A présent, ce n'est plus moi qui vous ferai les commissions du château.

— Comment ! Mme de Méréglise vous a renvoyée? Ce n'est pas possible ?

— Elle ne m'a pas renvoyée, c'est mo qui m'en vais.

— Vous? Pourquoi donc?

— Je suis un peu fatiguée, répondit-elle, se rappelant la phrase de la comtesse, dont elle se servait comme d'un prétexte. Je vais aller me reposer chez moi, avec mes économies.

— C'est bien, répliqua le prêtre, c'est très bien. Mais je n'aurais pas cru cela, la Bertrande. Vous paraissez toujours si solide ! Enfin, si vous le pouvez, vous avez raison de prendre du repos. On était habitué à vous dans le village. Enfin !... Vous aviez quelque chose à me dire?

— Oui, monsieur le curé. Avant de m'en aller, je désirerais fonder une messe perpétuelle à l'intention de quelqu'un.

— C'est une action très louable : la prière pour les morts est agréable à Dieu autant que profitable à nos pauvres défunts. Je vous en félicite, d'autant plus que vous paraissiez manquer un peu de foi, Bertrande, et c'est signe que la grâce est sur vous, sans doute. C'est très bien.

— Voici l'argent, monsieur le curé (et elle le lui tendit). Maintenant la date : 23 juin.

C'était l'anniversaire de Françoise.

Le curé inscrivit la note sur un petit livre de poche.

— L'intention, maintenant?

— Pour le repos de l'âme de Françoise-Marie-Josèphe de Sénanges, épouse en première noces de M. le comte Savinien de Méréglise.

Le curé la regarda, un peu surpris que cette libéralité pieuse de la servante ne fût pas au profit de quelqu'un des siens ; mais il n'interrogea pas la Bertrande sur les motifs qui lui avaient inspiré son acte de religion. Quelque secret de conscience, sans doute. Il inscrivit « l'intention », la Bertrande le salua et sortit, gagnant la grande route.

Rose et Savinien étaient déjà remontés de la vallée.

Le jeune homme parlait à Mlle de Fleuriel en lui tenant les mains.

— Voyez lui disait-il, c'est une journée heureuse qui se meurt. Le tumulte de la joie champêtre est presque apaisé : les fusils ont cessé leur vacarme ; pourtant, on peut ouïr encore, par intervalles, quelques sons de trompes lointaines ; il y a encore dans l'air un reste d'allégresse qui persiste, lent à s'éteindre, comme ces ondes de lumière s'attardent au ciel, où elles vibrent toujours, bien que le soleil soit couché. Les bêtes, elles aussi, sont au repos ; des mugissements joyeux partent du fond des étables, et des enclos où les jeunes taures sont à pâturer, secouant les feuillages qui les défendent des insectes du soir. Les plantes mêmes sont heureuses : écoutez-les frémir. Elles sentent, j'en suis certain, le bienfait de cette immense bénédiction émanée du profond de la terre. Ce soir toute la vallée est dans l'allégresse : c'est une renaissance, un lever de l'âge d'or. Cette contrée ressuscite, ranimée par vous, qui avez voulu la voir revivre, et elle peut dire comme mon propre cœur, comme ma propre jeunesse :

En la rosé je fleuris.

— Savinien...

C'est tout ce qu'elle trouve à répondre. Le nom seul de l'être aimé n'exprime-t-il pas toute la tendresse? Et sa main frêle palpite dans la main qui la serre.

Sur un chemin qui coupe le leur, à quelque distance, une paysanne se hâte, vêtue de noir, appuyée sur un bâton de route. Ils ne l'ont point reconnue.

C'est la Bertrande qui regagne son village au delà des Puys. Elle tourne le dos à la joie, et elle emporte, à travers la nuit qui commence, les rancunes de la mort.

Mais que fait le passage d'une ombre au triomphe de la Vie

www.ingramcontent.com/pod-product-compliance
Ingram Content Group UK Ltd.
Pitfield, Milton Keynes, MK11 3LW, UK
UKHW020943180726
13838UKWH00003B/1094